हिन्द पॉकेट बुक्स

बहादुर योद्धा

आइवन हो

जब जरूसलेम में यहूदियों और ईसाइयों के बीच धर्मयुद्ध चल रहा था, उस दौरान एक बहादुर योद्धा (आइवन हो) जरूसलेम में होने वाली खेल प्रतियोगिता के एश्बी दंगलों में अपनी बहादुरी का परिचय दिया करता था।

इसमें आइवन हो की साहस एवं बहादुरी की घटनाओं को छोटों एवं किशोरों के लिए सजाया–संवारा गया है, ताकि इन्हें पढ़कर उनमें उस जैसा बहादुर बनने एवं ऊंचा नाम कमाने की प्रेरणा जाग सके। आइवन हो की वीरता की कहानी बहुत सरल भाषा में रोचक ढंग से लिखी गई है। कहानी को सुन्दर रेखाचित्रों से सजाया गया है।

एश्बी के मैदान में होने वाले दंगल में जिस काले घोड़े वाले सवार ने गिलबर्ट जैसे घमण्डी इंसान को पराजित कर दिया था, वह रणबांकुरा आइवन हो था, जो कई बार दंगल में गिलबर्ट की हेकड़ी को चूर कर चुका था। पढ़िए आइवन हो की कहानी और आप भी बहादुर बनिए।

बच्चों और किशोरों के लिए विश्व क्लासिक उपन्यास

बहादुर योद्धा

आइवन हो

विश्व के महान उपन्यासकार

सर वॉल्टर स्कॉट

के अमर उपन्यास

IVAN HOE

का हिन्दी रूपान्तरण

हिन्द पॉकेट बुक्स

एक पेंगुइन रैंडम हाउस कंपनी

हिन्द पॉकेट बुक्स

यूएसए | कैनेडा | यूके | आयरलैंड | ऑस्ट्रेलिया
न्यू ज़ीलैंड | भारत | दक्षिण अफ्रीका | चीन

हिन्द पॉकेट बुक्स, पेंगुइन रैंडम हाउस ग्रुप ऑफ़ कम्पनीज़ का हिस्सा है,
जिसका पता www.hindpocketbooks.com पर मिलेगा

हिन्द पॉकेट बुक्स
पेंगुइन रैंडम इंडिया प्रा. लि.,
सातवीं मंजिल, इनफिनिटी टावर सी, डी एल एफ साइबर सिटी,
गुड़गांव 122002, हरियाणा, भारत

हिन्द
पॉकेट
बुक्स

प्रथम संस्करण 2011 में हिन्द पॉकेट बुक्स द्वारा प्रकाशित
यह संस्करण 2019 में प्रकाशित

10 9 8 7 6 5 4 3 2 1

इस पुस्तक में व्यक्त विचार लेखक के अपने हैं, जिनका यथासंभव तथ्यात्मक सत्यापन किया गया है, और इस संबंध में प्रकाशक एवं सहयोगी प्रकाशक किसी भी रूप में उत्तरदायी नहीं हैं।

ISBN 9789353491543

मुद्रकः रेप्लिका प्रेस प्रा. लि., इंडिया

बहादुर योद्धा

'आइवन हो'

यह कहानी उस काल की है, जब ज़रूसलेम में यहूदियों और ईसाइयों के बीच धर्मयुद्ध छिड़ा था और इंग्लैण्ड तथा यूरोप के दूसरे देशों से भी न केवल ढ़ेरों जांबाज सूरमा यहूदियों के खिलाफ़ लड़ने ज़रूसलेम गए थे, बल्कि कई राजा तक भी उस लड़ाई में सूरमाओं के समान लड़ने पहुंच गए थे। इनमें इंग्लैण्ड के राजा रिचर्ड भी थे। वे अभी तक लौट कर इंग्लैण्ड नहीं आए थे। उनके बारे में अफ़वाह यह भी थी कि उन्हें लौटते हुए आस्ट्रिया की जेल में रोक रखा गया था।

यहूदियों के लिए तो सचमुच बहुत बुरा समय था। दिन निकलते ही उनके लिए मुसीबतों के पहाड़ टूट पड़ते थे। ईसाइयों के जुल्म से उनका जीना मुश्किल हो चुका था। कभी-कभी तो इतना बुरा हाल हो जाता था कि उन्हें रातों में अपना घर छोड़कर जान बचाने के लिए भागकर जंगलों में छिप जाना पड़ता था।

ऐसी मुसीबतें केवल यहूदियों के सामने ही नहीं थीं, बल्कि इंग्लैण्ड के लोग भी अपनी ज़िंदगियों को लेकर बेफ़िक्र नहीं थे। वहां नारमन और सैक्सन जातियों में भी कई बार बड़ी-बड़ी भिड़ंत होती रहती थी। अब हुकूमत नारमन लोगों के हाथों में थी, पर सैक्सन जाति के लोग भी दबंगई बरतते थे। वे अपने

चरवाहें की भेड़ें

को नारमनों से कम नहीं मानते थे। वे लड़ाई के लिए पलक झपकते ही तैयार हो जाया करते थे। राज्य के अलावा अनेक अमीर-उमरावों और धार्मिक मठों के पास भी अपनी-अपनी फ़ौजी टुकड़िया रहा करती थीं। उन दिनों नदियों के किनारे-किनारे बहुत भारी जंगल हुआ करते थे। शेफील्ड और डोनकास्टर नगरों के बीच भी बहुत दूर तक जंगल ही जंगल पसरा पड़ा था।

सांझ का समय था। झरने के पास बैठे हुए दो आदमी आपस में बतिया रहे थे। वहां पास में ही उनकी भेड़ें चर रहीं थीं; लेकिन सूरत और पहनावे से उनमें से चरवाहा केवल एक ही लगता था; उसकी उम्र उस दूसरे से अधिक थी। चरवाहे ने बदन पर एक अंगरखा पहना हुआ था और ऊपर से एक जाकेट पहनी हुई थी। उसका पाजामा चमड़े का बना हुआ था। उसके जूते कुछ विचित्र से मालूम पड़ते थे, क्योंकि उनके तले लकड़ी के बने हुए थे और उन्हें चमड़े की पट्टियों से बांधा गया था। ये पट्टियां उसके टखनों और पिंडलियों पर लिपटी हुई थी! उसकी कमर में बंधे पटके के सहारे एक तरफ़ एक छोटी-सी तलवार और दूसरी तरफ़ एक तूतनी लटकी हुई थी। वह इस तूतनी को बजाकर ही दूर-दूर फैल गई भेड़ों को इकट्ठा कर लिया करता था। ऐसी ही तूतनी लड़ाई के दौरान योद्धाओं के पास भी दिखाई पड़ जाया करती थी। उसके गले में लोहे की ज़ंजीर के सहारे उसकी पहचान पट्टी भी झूल रही थी, जिस पर खुदा हुआ था, 'रोदर वुड के अमीर सरदार सीड्रिक का दास, बिवल्फ का बेटा गर्थ।'

वहां जो दूसरा था पहचान पट्टी उसके गले में भी लटकी हुई थी और उस पर लिखा हुआ था, 'रोदरवुड के अमीर सरदार सीड्रिक का सेवक, मिरासी बिटल्स का बेटा वाम्बा।' पोशाक के नाम पर उसने मटमैले अंगरखे पर लाल रंग की जाकेट पहनी हुई थी। हालांकि देखने में तो वह कमउम्र और अलमस्त छोकरा ही लगता था, पर अक़्ल और चतुराई की उसमें बिल्कुल भी कमी नहीं थी।

एकाएक गर्थ हड़बड़ा उठा। उसकी हड़बड़ाहट यूं ही नहीं थी। वह बोला, 'अरे वाम्बा, शाम हो चली है!

थोड़ी ही देर में अंधेरा घिर जाएगा। अब हमें यहां से चल देना चाहिए। इस बियाबान जंगल में कोई भी अनहोनी हो सकती है! अगर कोई डाकू या भागे हुए सिपाही यहां आ गए तो शामत आ जाएगी। वे इन भेड़ों या सूअरों में से अगर एक को भी हांक ले गए तो मैं बेमौत मारा जाऊंगा। मालिक मेरी

चमड़ी उधड़वा डालेगा। जरा मेरी मदद तो करो वाम्बा! इन भेड़ों और सूअरों को इकट्ठा करा दो।'

वाम्बा ठठाकर हंस पड़ा और अपनी जगह से ज़रा भी टस से मस हुए बिना, बैठा-बैठा ही बोला, 'हां चाचा, बात तो ठीक है, पर मेरे ये पैरे मेर वश में कहां हैं? ये कमबख़्त तो मेरी सुनते ही नहीं हैं! इन्हें तो अमीरों से हुक्म पाकर ही हरक़त में आने की आदत पड़ी हुई है। ये इस कीचड़-पानी में फंसकर इस रेवड़ को तो क्या मेरे शरीर तक को भी शायद ही ढो पाएंगे। अब तुम्हीं सोचो क्या हो?'

'भले आदमी, थोड़ी मदद कर देने से तेरा कुछ घिस नहीं जाएगा। चल, बहाना मत बना।' गर्थ चौकन्ना सा होकर बोला, 'अरे! सुना कुछ? ग़ज़ब हो गया। घोड़ों की टापों की आवाज़ें हैं। लगता है घुड़सवार इधर ही चले आ रहे हैं। जल्दी कर-भेड़ों को इकट्ठी करा फटाफट और चल!' गर्थ घबड़ा उठा। 'अरे, जल्दी कर भाई, ये हमें पा गए तो मुसीबत पड़ जाएगी। वे लोग थोड़ी ही देर में यहां पहुंचने वाले हैं।'

दोनों फ़ुर्ती से भेड़ों और सुअरों को इकट्ठा करने में जुट गए।

आसमान में बादल घुमड़ने लगे थे। गर्थ का भला इसी में था कि सारा रेवड़ समय रहते अपने ठिकाने पर पहुंच जाए। बारिश आ जाने से तो रास्ते में और भी कीचड़ हो जाएगी। मगर बाम्बा मस्ती में था। गर्थ को ढांढस बंधाता हुआ सा वह बोला, 'घबराते क्यों हो अंकल, यह समय कोई डाकुओं के आने का थोड़े ही है। वे तो शायद फ़रिश्ते हों और मुमकिन है कि पापों से हमारा छुटकारा कराने ही इधर आ रहे हों?'

गर्थ चिढ़ गया। जानवरों को हांकता हुआ बोला, 'बकर-बकर छोड़, चुपचाप चलता चल। ये लोग अगर डाकू नहीं भी हुए तो भी बारिश के आसार तो दीख रहे हैं। बादल घने हो चले हैं। जल्दी-जल्दी क़दम बढ़ा।' वे दोनों थोड़ी ही दूर निकले थे कि घुड़सवारों के एक दस्ते ने उन्हें रोक लिया। वे ठिठक गए। रोकने वाले जत्थे में आगे-आगे जो दो घुड़सवार चल रहे थे, उनमें से एक को वाम्बा पहचानता था। वह एक मठ का भूतपूर्व मुख्य महंत था और आसपास के सब नारमन लोगों का पक्का हिमायती था। साथ का घुड़सवार मठ के रक्षकों का कमाण्डर मालूम पड़ रहा था और बाकी सब रक्षक होंगे, क्योंकि वे सभी

हथियारों से लैस थे। वाम्बा बिल्कुल निडर था फिर भी उसने अपना चेहरा ऐसा बना लिया जैसे वह इन अनजाने लोगों को पहले-पहल ही देख रहा हो। उस भूतपूर्व महंत ने ही वाम्बा से पूछा, 'सुनो भाई, क्या तुम्हें आसपास रहने वाले किसी ऐसे अमीर का ठिकाना मालूम है जो ईश्वर और धर्म के नाम पर हम धर्म सेवकों को अपने यहां रात बिताने की इजाज़त दे दे।'

वाम्बा चॅहक कर बोला, 'हां-हां, क्यों नहीं, बस थोड़ा सा आगे चलकर एक मठ है, वहां के महंत आपका स्वागत करके खुश हो जाएंगे और वहां आपको सारी सुविधाएं भी मिल जाएंगी।'

लेकिन महंत ने इनकार में सिर हिलाया और बोला, 'नहीं भाई, एक मठ के लोगों को किसी दूसरे मठ में कोई तवज्जो नहीं मिल सकती। हम वहां नहीं जाएंगे। फिर हमारे साथ हमारे घोड़े भी तो हैं। अच्छा रहे हमें तुम किसी और भले आदमी का पता बता दो।'

वाम्बा को शैतानी सूझी। वह चुटकी लेता हुआ बोला, 'वैसे हूं तो मैं नाचीज़, लेकिन मेरा ख्याल है कि ख़ुदा के बंदों को अपनी सेवा का मौका किसी दूसरे को नहीं सौंपना चाहिए। कहते हैं न कि ख़ुदा भी उनकी ही मदद करता है, जो अपनी मदद आप करते हैं। क्यों मैंने ठीक सुना है न?'

गर्थ वाम्बा की इस फ़िजूल बकवास से घबरा उठा। उसे लगने लगा कि घुड़सवार इससे नाराज़ हो जाएंगे। उसने देखा भी कि दूसरे घुड़सवार का चेहरा लाल होने लगा था और वह अपने चाबुक से वाम्बा पर हमला करने ही जा रहा था कि सहसा अपना हाथ रोककर बोला, 'खामोश! इस तरह गाल बजाकर हमारे गुस्से को बुलावा मत दो बच्चे, तुम्हारी इस नादानी से तुम्हारी जान भी जा सकती है। सीधे-सीधे बताओ, यहां करीब में जो सैक्सन जाति का ज़मींदार रहता है...' फिर उसने मुड़कर अपने साथी घुड़सवार से उसके नाम की बाबत पूछा, 'सीड्रिक ही था न उसका नाम? हां, सीड्रिक।' फिर वह गर्थ से पूछने लगा, 'तुम तो यक़ीनन जानते होगे। चलो तुम बताओ, सीड्रिक की हवेली किधर है?'

लेकिन गर्थ को अपने रेवड़ की चिंता थी। वह उनमें ही उलझा दीखा। तब तक महंत ने वाम्बा की ओर एक सिक्का बढ़ा दिया, 'चलो, अब बताओ!'

वाम्बा ने सिक्का थाम लिया। बोला, 'दरअसल मैं घबरा गया था हजूर! लेकिन आप चिंता न करें...' आंखें मिचमिचाते हुए वाम्बा बोला, 'अमीर सीड्रिक

की हवेली आपको इसी रास्ते पर चलकर मिलेगी। आप ऐसा करना, आगे जाने पर जो चौराहा आपको मिले, वहां से आप बाईं तरफ़ हो लीजिएगा। बस, बारिश से पहले ही आप अपनी मंज़िल पर पहुंच चुके होंगे!'

जत्था आगे बढ़ लिया।

जब वे दोनों बहुत आगे आ चुके तो गर्थ हंस पड़ा और वाम्बा से बोला, 'तुम बड़े काईयां हो। सिक्का लेकर रास्ता बताया भी तो कौन सा। वे रात भर भटकते रहेंगे, लेकिन मालिक की हवेली उन्हें नहीं मिलेगी!'

'मैंने जान-बूझकर उन्हें गच्चा दिया, वे नारमन हैं न! सैक्सनो के लिए अपने मठ में तो वे घंटा तक न बजने दें और ठहरने के लिए सीड्रिक की हवेली ढूंढ रहे हैं!' वाम्बा ने कहा और दोनों ठठाकर हंस पड़े। दोनों रेवड़ सम्हालते हुए जल्दी-जल्दी घर की ओर बढ़ते रहे। उधर घुड़सवार दस्ते को भी बादलों के बरस पड़ने का डर सता रहा था। वे जल्दी-जल्दी आगे बढ़ते जा रहे थे जिससे कि बारिश के पहले ही अमीर की हवेली में पहुंच जाएं।

चलते-चलते महंत ने दूसरे घुड़सवार से कहा-'अच्छा ही हुआ तुमने अपना चाबुक उस मरदूद पर नहीं फटकारा! मैंने उसके गले में लटकी पहचान पट्टी पढ़ ली थी। वह शैतान सीड्रिक का नौकर था। इसलिए ही मैंने उसे सिक्का दिखाया। देखा नहीं सिक्का झटककर उस शैतान में कैसी नरमी आ गई।

सीड्रिक अस्ल में बड़ा घ्रमंडी है और नारमनो से तो उसकी चिढ़ किसी से भी छिपी नहीं है। वह अपने सैक्सन होने को लेकर शर्मिन्दा नहीं है। यहां तक कि वह ऐलानिया अपने को सैक्सन बताया करता है। अगर कहीं, तुमने उस नौकर को मारा होता तो हमारी मुश्किल बढ़ जाती, हालांकि सीड्रिक है बड़े खुले दिल वाला।'

'चलो, जा तो रहे हैं, देख लेंगे। अरे हां सुना है इस सीड्रिक की लड़की रोवेना बला की खूबसूरत है, है न?' घुड़सवार ने पूछा।

'हां, अमूमन वैसी मलूक लड़कियां मुश्किल से ही दिखाई दिया करती हैं, लेकिन वह अस्ल में एक-दूसरे सैक्सन राजा की लड़की है, सीड्रिक ने तो बस उसे अपनी बेटी मानकर पाला है। लड़की को तो शायद यह पता भी नहीं होगा कि वह मरहूम राजा अल्फ्रेड की लड़की है।

वह तो सीड्रिक को ही अपना पिता समझती आई है और सीड्रिक भी उसे

अपनी सगी ही मानता है और वही उसके बाद उसकी जायदाद की वारिस होगी।' महंत ने बताया।

'तो क्या सीड्रिक की अपनी कोई संतान नहीं है?' सवार ने इतना ही कहा था कि महंत ने घोड़ा रोक लिया और खड़ा हो गया। बोला, 'नहीं, उसका एक बेटा था जिसे सीड्रिक ने त्याग दिया। अब उसका कहीं अता-पता नहीं है।...अब ज़रा सामने देखो, यही वह चौराहा है। अब बोलो किधर मुड़ना होगा?'

'उसने क्या कहा था, दाएं या बाएं?'

दोनों में किसी को भी याद नहीं आ रहा था। कुछ देर तलक वे यूं ही खड़े-खड़े एक-दूसरे को टुकुर-टुकुर ताकते रहे। फिर दोनों ने इधर-उधर निगाह दौड़ाई तो उनकी निगाह एक पेड़ के तले बेफिक्री से सोए पड़े एक आदमी पर जाकर ठहर गई। उन्होंने उसे जगा कर पूछा, 'आप बता सकते हैं कि अमीर सीड्रिक की हवेली किधर पड़ेगी।'

वह आदमी चौंककर खड़ा हो गया और अंगड़ाई लेता हुआ बोला, 'जाना तो मुझे भी वहीं है; मैं चलते-चलते रुक कर सुस्ताने बैठ गया और झपकी आ गई। आईए, चलते हैं।'

उसे एक खाली घोड़ा दे दिया गया। वह एक झपाके के साथ उस पर सवार हो गया और जत्थे के आगे-आगे चला। चलते-चलते आखिरकार वे एक आलीशान मकान के सामने जाकर ठहर गए। मकान क्या महल था। जत्थे में साथ आए एक आदमी ने सिंगा फूंककर आगमन की सूचना पहुंचाई और सारे लोग घोड़ों से उतर कर फाटक के एक तरफ़ खड़े हो गए। अब उन्हें फाटक खुलने का इंतज़ार था। महंत ने चौराहे पर मिले राहबर से आखिर पूछ ही लिया, 'भाई, तुमने यह तो बताया ही नहीं कि तुम कौन हो और अब आ कहां से रहे हो?'

'मैं मुसाफिर हूं और जरूसलेम से लौट रहा हूं।' अजनबी नरमी से बोला।

'अरे वाह', दूसरा घुड़सवार बोला, 'तुम्हें यहां भटकने आने की बजाय वहीं धर्मयुद्ध में शरीक़ हो जाना चाहिए था, कम से कम जन्म तो सफल हो जाता।'

अजनबी ने घुड़सवार की ओर एक बेपरवाह नज़र डाली और उत्तर दिया, 'यह बात मैं तुम्हारे अलावा किसी और के मुंह से सुनता तो शायद शर्मसार भी

महंत और राहबर चौराहे पर बातें करते हुए

हो गया होता, लेकिन जब तुम जैसे योद्धाओं को यहां आसरे के लिए भटकते देखता हूं तो भला मुझे कोई मलाल क्यों होने लगा? फिर मैं तो ठहरा एक मामूली इंसान लेकिन क्या आपको वहां धर्मयुद्ध में भाग लेने नहीं जाना चाहिए था या आप हथियार चलाना नहीं जानते?'

घुड़सवार का मुख तमतमा उठा; पर तभी सब लोगों को हवेली में भीतर चलने का बुलावा आ गया और सबके सब हवेली में दाखिल हो गए। सीड्रिक के महल में रात के खाने की तैयारियां चल रही थीं। एक बड़े और अच्छे सजे-धजे कमरे में बीचोंबीच रखी एक लंबी सी मेज़ पर खाने के लिए तरह-तरह की खाद्य सामग्रियां सजा-सजा कर रखी जा रही थी। कमरे में आने-जाने के लिए कई दरवाज़े थे और हर दरवाज़े के पास, जलते कोयलों से भरी, अंगीठियां दहक रहीं थी। मेज़ के पास ही घर के मुखिया के लिए, बिछी हुई हाथी दांत से बनी हुई एक शानदार कुर्सी पर सीड्रिक बैठा हुआ था। आज वह कुछ उदास नज़र आ रहा था।

सीड्रिक यों तो साठ वर्ष का हो आया था; पर अभी भी उसमें उत्साह और ताज़गी की कोई कमी नहीं दिखाई देती थी। उसका चेहरा हमेशा एक विचित्र सी रौनक से भरपूर रहा करता था। लेकिन कभी-कभी कुछ चिंताएं उसे बहुत बेचैन करने लग जाती थीं। आज उसकी चिंता का सबसे बड़ा कारण उसके जीवन का वह अभाव था, जो उसमें अपने बेटे से बिछोह के बाद आया था। उसे इस बात का मलाल भी रहता था कि इंग्लैण्ड में इन दिनों नारमन सूरमाओं का बोलबाला था लेकिन उसकी तसल्ली और खुदबीनी के लिए, उसका यह अहसास उसे नाउम्मीद होने से बचा लिया करता था, कि उसकी नसों में सैक्सन जाति के शिखरपुरुष हियरवार्ड का खून दौड़ रहा है और अपने इस अहसास को बल देने के लिए, उसने फैसला कर लिया था कि वह अपनी पालिता और स्वर्गीय राजा अलफ्रेड की कन्या रोवेना की शादी सरदार एथेलस्टन से कराकर इंग्लैण्ड के दो शाही परिवारों के बीच संबंधों को मजबूती देते हुए अपनी जाति के पिछड़ जाने को एकदम जुठला देगा।

'ये मूर्ख नारमन', वह कोसने लगा, 'बेटे से मेरा बिछोह हो जाने के कारण, समझ रहे होंगे कि मैं अकेला पड़ गया हूं और अब उसके लापता हो जाने से मेरी वंश-बेल ही सूख जाएगी, वे जान लेंगे कि मेरी निगाह में अपने सगे बेटे

और गोद ली हुई बेटी के बीच कोई फ़र्क नहीं है। फिर मेरे बेटे को मैंने खुद ही तो देश निकाला दिया था कि वह इस लड़की रोवेना से शादी करने की इजाज़त मांग रहा था, जिसे मैंने नामंजूर कर दिया!'

थोड़ी देर में ही सीड्रिक मन ही मन अपने को कोसने लगा, 'क्या हो गया था मुझे उस दिन, जाने कैसे मेरी अक्ल मारी गई थी जो मैंने अपनी ज़िद में अपने सगे बेटे को घर से निकल जाने को कह दिया और अब यहां बैठा-बैठा अकेलेपन का मलाल ढो रहा हूं... काश मेरा बेटा ही दोबारा वापस आकर क्षमा मांग लेता, तो क्या मैं उसे माफ़ न कर देता...कम से कम उसे भी तो मेरे बुढ़ापे का ख्याल करके लौट आना चाहिए था। काश उस समय किसी दूसरे ने ही मुझे समझाने की कोशिश की होती, इस तरह कम से कम मेरा बेटा तो मेरे पास रह गया होता। काश, उसने मेरे खिलाफ़ बग़ावत का झण्डा ही उठा लिया होता तो...'और फिर उसने अपनी बेचैन निगाहों से खाने की मेज़ के पास पड़ी खाली कुर्सियों को निहारते हुए पूछा, 'कुमारी रोवेना अभी तक नहीं आईं? वे ठीक तो हैं न?'

'वे बस आने वाली ही हैं मालिक', सेवक ने बताया, 'अभी अपने कमरे में हैं!'

सीड्रिक ने पांव पटके। वह शायद खाना लगने में देरी हो जाने से भी नाराज़ दिखाई देता था, उसे खाने के वक़्त में देरी बरदाश्त नहीं थी और ज़रा सी भी देरी होने से ही वह अपना आपा छेत लिया करता था। रोवेना तो अभी आई ही नहीं थी; इसलिए वह कई फ़ालतू चीज़ों पर अपना ध्यान लगाने लगा, 'चरवाहा गर्थ भी अब तक जंगल से क्यों नहीं लौटा?'

'वे दोनों हरामखोर, गर्थ और वाम्बा इतनी देर तक, कहां अटके पड़े होंगे भला...' वह मन ही मन बड़बड़ा रहा था, लेकिन रह-रहकर आज उसका ध्यान अपने त्यागे हुए बेटे विलफ्रेड की ओर मुड़ जाता था। उसका वह इकलौता बच्चा, 'जाने कहां, किस हाल में होगा?'

तभी बाहर से सिंगा फूंकने की आवाज़ आई। अपनी बेचैनी को बिसराता हुआ सीड्रिक बोला, 'देखो जाकर फाटक खोल दो, शायद कोई अतिथि आया है।' उसने नौकर को हिदायत देते हुए कहा, 'सांझ का समय है, कोई बेचारा राह भूला भी हो सकता है, आसरा पाने का हक़ तो उसे भी मिलना ही चाहिए। जाओ, जो भी हो भीतर ले आओ।'

नौकर गया और लौटकर बताया, 'भूतपूर्व महंत और सर ब्रायन दे बुई गिलबर्ट मठ के रक्षकों के कमाण्डर अपने दलबल के साथ आए हैं और भोजन तथा निवास की सुविधाएं चाहते हैं, वे कल होने वाले एश्बी के दंगल में शरीक होने के लिए अपने ठिकानों से निकले थे। वैसे वे दोनों नारमन हैं?'

'तो क्या हुआ, दूसरे पक्ष के हैं तो हुआ करें, हमारे सामने तो सवाली हैं। रोदर वुड का चलन बिसराया भी तो नहीं जा सकता। पापी हो या धर्मात्मा परमेश्वर की कृपा का द्वार क्या किसी के लिए बंद रहता है। सबको भीतर ले आओ, और उन्हें किसी बात की तंगी न रहे।' सीड्रिक ने वेटरों को मेहमानों के लिए भी खाना लगाने का हुक्म देते हुए कहा, 'वे लोग हमारे ही साथ खाएंगे, समझे!'

थोड़ी देर में सब भीतर दाखिल हुए। वह अजनबी मुसाफिर जो रास्ते में मिला था, वह भी साथ ही भीतर आया; लेकिन वह अपना परिचय देने के मामले में उत्साही नहीं दिखा और महंत के रक्षकों की भीड़ में ही खप गया। उसने अपने सिर पर एक बड़ा सा हैट पहना हुआ था और उसे माथे पर इस प्रकार झुकाया हुआ था जिससे उसका चेहरा किसी को झलकता तक नहीं था।

सब आगंतुकों ने अपने भीगे कपड़ों को भुलाकर खाने के लिए मेज़ के निकट बिछी कुर्सियों को हथियाने में सब्र से काम नहीं लिया; लेकिन वह अजनबी एक कोने में लगी एक छोटी टेबुल के पास बिछी कुर्सी पर बैठकर अंगीठी से अपने भीगे कपड़ों को सुखाने लगा। सबने उसे कोई नौकर ही समझा। सीड्रिक ने सब लोगों को खुशामदीद कहा और साफ़ कर दिया कि वह अपनी मातृभाषा सैक्सोनी में ही बोलेगा।

'मुझे फ़ख्र है कि मैं फ्रेंच नहीं बोल पाता।' यही कहा उसने।

'तो क्या हुआ, मैं सैक्सोनी समझता हूं।' महंत ने उसे तसल्ली दी।

लेकिन गिलबर्ट ने शेखी सी प्रकट करते हुए कहा, 'समझ तो मैं भी लेता हूं, पर मुझे अपनी ज़बान खराब हो जाने का डर लगने लगता है। आख़िर हम ऊंचे लोग भी अगर सैक्सोनी बोलने लग जाएंगे तो हमारी कुलीनता रह कहां जाएगी?'

सीड्रिक तिलमिला उठा। सैक्सोनी बोलने से कुलीनपन घट जाता है। यही मतलब हुआ न! उसने मन ही मन कहा, लेकिन फिर वह अपना गुस्सा पी गया और तभी उसे गर्थ और वाम्बा दिखाई पड़ गए और उसने अपना गुस्सा उन पर

उतार दिया, 'क्यों रे निकम्मों, जंगल में पड़ कर सो गए थे या नारमन लुटेरों ने पकड़ कर बांध लिया था दोनों को? और रेवड़ तो ले आए या उन्हें ही नज़्र कर आए, बोलो?'

गर्थ ने सिर झुकाए-झुकाए ही कहा, 'रेवड़ सही सलामत है हजूर।'

गर्थ और वाम्बा ने सफ़ाई देना बंद ही किया था कि सीड्रिक का खास भंडारी मेजर डोमो वहां आया और बुलंद आवाज़ में बोला, 'सावधान, कुमारी रोवेना भोजन के लिए आ रही हैं, उनके लिए स्थान छोड़ दिया जाए!' सीड्रिक अपने स्थान से उठा और आगवानी के लिए द्वार पर पहुंच गया और रोवेना को ले आकर अपनी कुर्सी की दाहिनी ओर रखी कुर्सी पर बिठाया।

बैठने से पूर्व रोवेना ने मेज़ पर उपस्थित सभी मेहमानों को सिर झुकाकर नमस्कार किया। उसके बैठ जाने के बाद सभी लोग बैठ गए।

रोवेना लंबे क़द की स्वस्थ सुंदर राजकुमारी प्रतीत हो रही थी और उसके हावभाव में शाही अंदाज़ झलक रहा था। सैक्सोनी जाति की कन्या के ऐसे अंदाज़ से गिलबर्ट एक बारगी सुध-बुध खो बैठा और एकटक उसे निहारने लगा। जब रोवेना को उसका ऐसा रुख पसंद नहीं आ सका तो उसने अपने सिर का पल्लू इस तरह एक ओर को सरका लिया जिससे कि गिलबर्ट समझ जाए कि रोवेना उसकी उपस्थिति को नाखुशी से ही स्वीकार कर पाई है।

मेहमानों में तरह-तरह की चर्चा चलने लगी। किसी ने शिकार के संबंध में कोई बात कही, तो किसी ने कुछ और, लेकिन गिलबर्ट को अपनी ही हांकने की जो लत पड़ चुकी थी, इसी से उसने अपने को बहादुर बताने की अपनी चाहत को कई रंगों में रंग कर पेश करना शुरू कर दिया। लोग उसको सुनते रहे थे, किंतु सिवाय उसके किसी दूसरे को उसकी डींगे पसंद नहीं आ रही थी।

इतने में सीड्रिक का एक हुक्मबरदार ओस्वाल्ड भीतर आया और उसने अपने मालिक को विनम्र स्वर में फुसफुसाते हुए सूचित किया कि द्वार पर एक बूढ़ा आदमी खड़ा है, जिसे आज की रात काट लेने को आसरा चाहिए। उसने यह भी बताया कि वह यहूदी है और वह यार्क का निवासी है; उसका नाम आईज़क है। सीड्रिक बोला, 'उसे भी आने दो। ऐसे गैर वक़्त में किसी बूढ़े को मुसीबतों का शिकार होने के लिए छोड़ा भी तो नहीं जा सकता। वह यहूदी है तो क्या हुआ, इंसान तो वह भी है!'

सब कुछ बहुत सहज और शांत ढंग से कहा-सुना गया था, परंतु महंत ने सुन लिया था और उसने ऐतराज़ भी प्रकट कर दिया, 'एक यहूदी की मेज़बानी करेंगे आप?'

'एक विधर्मी को हमारी पंगत में बिठाकर भोजन देने को उचित ठहराएंगे आप? मर जाने दीजिए उसे आंधी पानी में, ज़मीन का बोझ तो कम होगा।'

सीड्रिक को उनकी बातें पसंद नहीं आई और उसने सिर हिलाकर उन्हें खारिज़ भी कर दिया। बड़ी गंभीरता से वह बोला, 'आप लोग उबलिए मत। अपने घर में मुझे मेरी मर्यादाओं को भूल जाने की सलाह मत दें। वह विजातीय है, विधर्मी या ईसाइयों का कट्टर शत्रु है, लेकिन वह जो भी है, ईश्वर का बनाया हुआ ही तो है! एक बूढ़े को विपत्ति में शरण न दूं यह मुझसे नहीं हो सकता। हां, मैं आप लोगों को भी उसे बरदास्त करने को मजबूर नहीं करूंगा, बेफिक्र रहें।' और फिर उसने अपने नौकर वाम्बा को बुलाकर आदेश दिया, 'तुम यहूदी को अपने साथ बिठाओगे और उसकी टहल में तुम्हारी तरफ़ से कोई कोताही नहीं होनी चाहिए।'

वाम्बा ने अनिच्छा से मंजूर कर लिया, 'जो हुक्म, मालिक!'

थोड़ी ही देर बाद, एक लंबा, पतला यहूदी अपनी चमकदार आंखे इधर-उधर फिराता हुआ थोड़े डर और झिझक के साथ कमरे में दाखिल हुआ। उसने वहां उपस्थित सबको नमस्कार किया। लेकिन किसी से भी उत्तर न पाकर अनमना सा होता हुआ वह वाम्बा के पीछे-पीछे चलकर उस कोने में पहुंच गया, जहां सीड्रिक के नौकरों के लिए छोटी मेज़ लगी हुई थी। उधर ही वह अनजान मुसाफिर भी जमा हुआ था। अपनी जातीय पोशाक में वह वृद्ध व्यक्ति उन नौकरों के समूह में अलग ही दिखाई पड़ रहा था। वहां किसी नौकर तक ने भी उसे बैठने के लिए नहीं कहा था; उस अजनबी ने, जो वहीं कोने में बैठा अंगीठी ताप रहा था, भूख से बेहाल, ठंड से कांपते उस यहूदी के लिए अपनी कुर्सी छोड़ते हुए कहा-'आप यहां बैठें और कपड़े सुखा लेने पर भोजन करें।'

यहूदी ने कृतज्ञ भाव से कुर्सी स्वीकार की और आशीर्वाद दिया, 'तेरा प्रभु तुझ पर प्रसन्न हो और तेरी सामर्थ्य प्रकट हो!'

खाना शुरू हुआ, साथ ही लोगों में हल्की-फुल्की बातें भी होती रहीं। धीरे-धीरे खाना समाप्त हुआ, लेकिन फिर भी हरेक आदमी भोजन के बाद मेज़बान द्वारा

सीड्रिक और वाम्बा

दिए गए जाम को हाथ में पकड़े वहीं डटा रहा। बाहर काफ़ी ठंड थी, लेकिन वहां कमरे में दहकते कोयलों से भरी अंगीठियों और बहस-मुबाहसे के कारण वातावरण गर्म हो गया था। जाने कैसे बहस का रुख जरूसलेम में चले क्रूसेड्स (धर्मयुद्ध) की ओर मुड़ गया। अहंकारी गिलबर्ट अपनी शेखी बघारने के जोम में यह भूल बैठा कि वह एक सैक्सन अमीर का मेहमान है और मेज़बान की भावनाओं का ख़्याल रखने का शिष्टाचार जब अपनी हदें तोड़ने लगा तो बात और भी गर्म हो गई और उनकी बातचीत में उस अजनबी मुसाफिर को भी राजा सीड्रिक द्वारा बड़ी मेज़ पर ही आकर बैठ जाने का निमंत्रण मिल गया। उस मुसाफिर की बातें इतनी सलीकेपूर्ण थी कि सब लोगों ने उसे अपने बीच का आदमी ही स्वीकार कर लिया। रोवेना और सीड्रिक तो उस पर ऐसे निसार नज़र आने लगे गोया वे उसे हीरे-जवाहिरात से ही तौल देंगे, क्योंकि उन्हें वह अजनबी मुसाफिर सैक्सनों का ही तरफ़दार लगा था। हुआ दरअस्ल यूं कि गिलबर्ट ने डींग मारी, 'जरूसलेम में गए धर्म रक्षक अद्वितीय बहादुर रहे! वहां अगर नारमन सूरमा न पहुंचे होते तो ईसाइयों का नाम-निशान तक मिट जाता।'

पहले रोवेना ने ही उसकी बात काटने की हिम्मत दिखाई। वह बोली, 'लेकिन सम्राट रिचर्ड की सेना में तो सैक्सन बहादुर भी रहे होंगे?'

'हां थे, कई थे!' गिलबर्ट बोला, 'लेकिन टैम्पलर्स के आगे उनकी औक़ात ही क्या थी। सचमुच नारमन बेमिसाल साबित हुए!'

'बेमिसाल! क्या सचमुच?' अचानक उस अनजान मुसाफिर ने खड़े होकर जब ऊंची आवाज़ में पूछा और फिर जवाब का इंतज़ार किए बिना वह ठट्ठा मारकर हंस पड़ा तो राजा सीड्रिक को भी झटका सा लगा। उसने पूछा-'यह कौन है?'

जवाब दिया महंत ने। 'यह अनजान मुसाफिर है, कहता था यह जरूसलेम से आ रहा है। हमें राह में मिला तो यह भी हमारे साथ भीतर चला आया!'

अभी तक वह चुपचाप अंगीठी के पास बैठा रहा था, इसलिए किसी का ध्यान उस पर गया ही नहीं था, लेकिन जिस बुलंद आवाज़ में उसने गिलबर्ट की बात काटी थी उससे सब उसे अचरज भरी निगाह से देखने लग गए। गिलबर्ट भी लगभग भौंचक्का हो गया। यह अप्रत्याशित दख़ल था। अजनबी मुसाफिर आगे बढ़ा और बोला, 'नारमन नहीं, दरअस्ल सैक्सन बहादुर ही बेमिसाल साबित हुए, नारमनों की तो उनके सामने बिसात ही कुछ नहीं ठहरी थी।'

सब लोग हैरानी से मुसाफिर की ओर ताक रहे थे, बिना झिझके वह बोलता गया, 'मैं भी ज़रूसलेम में था, और मैंने खुद वहां उनको लड़ते हुए देखा था। मुझे अच्छी तरह याद है राजा रिचर्ड ने अपने साथ पांच योद्धा लेकर एक द्वंद्व युद्ध लड़ा था। उसमें एक-एक सैक्सन वीर ने औसतन कई-कई टुकड़ियों से मुकाबला किया था। एक-एक सैक्सन बहादुर ने अपने तीन-तीन विरोधियों की मिट्टी पलीद कर डाली थी। मुझे उन बहादुरों के नाम भी याद हैं!' और जब सीड्रिक ने उसे अपने पास बुलाकर उन सैक्सन बहादुरों के नाम बताने को कहा तो गिलबर्ट मन ही मन आग-बबूला हो उठा। और उस मुसाफिर ने जब उन बहादुरों के नाम बताए, जिन्होंने इंग्लैण्ड की कीर्ति का झण्डा बुलंद किया था, तो वह आपे से बाहर हो गया और अपनी चादर वह अपने-आप फाड़ बैठा।

मुसाफिर ने केवल चार नाम बताए थे और पांचवे नाम को वह गोल कर गया था, 'पांचवा योद्धा एक कमसिन नौजवान था और वह प्रसिद्ध भी नहीं था, उसका नाम अभी-अभी मेरे ज़ेहन से उतर गया है, लेकिन कोई बात नहीं, यहां बैठे सर गिलबर्ट गवाही दे सकते हैं कि मैंने कुछ झूठ नहीं बोला है। ये तब वहीं थे और उन्हें ज़रूर उस अल्पख्यात् योद्धा का नाम भी याद रह गया होगा, क्योंकि...'

गिलबर्ट ऐसी परिस्थिति के लिए तैयार नहीं था। वह गुस्से में सब कुछ बक्कारते हुए यह अनुमान ही नहीं कर पाया कि अजनबी द्वारा उस अज्ञात सूरमा के ज़िक्र से वहां उसके सैक्सन मेज़बान के चेहरे पर कैसी प्रसन्नता छा गई है, सर गिलबर्ट ने लगभग चीखते हुए कहा, 'हां, हां मैं उस छोकरे को नहीं भूल सका हूं, जिसके मुकद्दर और मेरे घोड़े की बदकिस्मती के कारण मुझे पराजित घोषित कर डाला गया-वह रणबांकुरा आइवन हो था! अगर वह इंग्लैण्ड में हो और एश्बी के दंगल में आकर मेरी चुनौती को स्वीकार कर ले तो मैं उसके परखच्चे उड़ा दूंगा। मैंने उसे बोल दिया था, दम हो तो मुझसे आकर इंग्लैण्ड में भिड़ना। देख लेना वह आएगा नहीं। मैं उससे हर तरह के शस्त्र से निपटने के संकल्प से घर से निकला हूं लेकिन जानता हूं वह छोकरा आएगा नहीं। मुझे डर है मेरा एश्बी में जाना अकारथ न जाए, क्योंकि अब उसे ज़रूर डर लग रहा होगा कि उससे मेरा, एक नारमन का, मठ के रक्षकों के कमाण्डर का मुकाबला होगा। जिसमें उसके प्राणों की बलि चढ़ जाएगी। इसलिए वह नहीं आएगा।

ईश्वर करे बस वह आ जाए।' बोलते-बोलते गुस्से से उसके मुंह से झाग आने शुरू हो गए थे।

महंत ने उसका जाम उठाकर उसे पी लेने को कहा और वह एक सांस में उसे पी भी गया और क्रोधावेग में गिलास ज़ोर से मेज़ पर पटक दिया। थोड़ी देर तक पूरी तरह निस्तब्धता छाई रही। सन्नाटा तब टूटा, जब सुंदरी रोवेना ने अपनी आवाज़ में अप्रत्याशित तुर्सी लाकर कहा-'और मुझे पूरा यक़ीन है कि वह अपने सम्मान के रास्ते में आने वाली हर चुनौती को झेलने के लिए ज़रूर-ज़रूर एश्बी में आएगा।'

मुसाफिर ने भी रोवेना की बात पर गांठ लगाई, 'वह नौजवान तुम्हारी चुनौती स्वीकार कर चुका होगा, कल वह तुम्हें एश्बी के दंगल में ज़रूर मिलेगा, मैं शर्त बद सकता हूं। गिलबर्ट और भी क्रुद्ध हो उठा, 'शर्त बदोगे, तुम? क्या है तुम्हारे पास?'

'मेरे पास, प्रभु ईसा के उस पवित्र क्रूस का यह शेषांस है जिसे मैं कारमेल पर्वत के एक मठ से लाया था और स्मृति के रूप में सदा साथ रखता हूं, मैं यही दॉव पर लगा सकता हूं। बोलो मंजूर?' यह कहकर उसने टेबुल पर एक छोटी सी डिबिया रख दी।

गिलबर्ट ने बड़े झटके से अपने गले में लटकती सोने की एक मोटी सी ज़ंजीर खींची और उसे टेबुल पर पटकते हुए बोला, 'मैं चाहता हूं वह आ जाए और अगर वह आया तो मेरी ओर से तुम्हें यह भेंट होगी और अगर नहीं आया तो तुम उसे कायर मान लेना।'

वह अजनबी मुस्कुरा कर बोला, 'तुम्हारी यह मुराद आइवन हो ज़रूर पूरी करेगा।'

रोवेना फिर बोल उठी, 'उसका आना पक्का समझो।'

अपने निकाल दिए गए लापता पुत्र का ज़िक्र होने पर और रोवेना द्वारा उसकी तरफ़दारी किए जाने से सीड्रिक को कोफ़्त तो हो रही थी पर सैक्सन खून का अपमान होते भी तो वह चुप नहीं रह सकता था। वह बोल पड़ा-'अब अगर शर्त बदनी ज़रूरी हो तो मैं भी तैयार हूं। आइवन हो कायर नहीं हो सकता।'

बहुत कोशिश करने पर भी अजनबी मुसाफिर उस बात का अनुमान नहीं लगा सका जिसे पूछने या कहने के लिए रोवेना ने उसे बुलाने के लिए अपनी

सेविका को इतनी रात में उसके पास भेजा था। रोवेना एक बहुत बड़े और सजे-धजे कमरे में अपनी सेविकाओं से घिरी बैठी थी। अजनबी को एक कुर्सी पर बैठाकर पहले तो उसने उससे इतनी रात में कष्ट देने के लिए क्षमा याचना की और फिर अपना मक़्सद बताया।

'मैं चाहती हूं आप मुझे आइवन हो के बारे में बताएं?'

'लेकिन मैं उनके बारे में अधिक जानता ही कहां हूं। मैं तो उनकी युद्ध चातुरी से प्रसन्न हुआ था और जब हमारी अंग्रेज़ सेना ज़रूसलेम से लौटने लगी थी तो वे हमसे अलग हो गए थे, क्योंकि वे लड़ाई में कुछ चोट खा गए थे और अब मेरा ख्याल है कि वे चंगे होकर इंग्लैण्ड लौट रहे होंगे।' मुसाफिर बोला।

रोवेना अधीर होकर बोली, 'क्या उन्हें बहुत अधिक चोट आई थी, मगर कैसे? और आपने यह भी नहीं बताया कि अब वे कैसे हैं?'

मुसाफिर ने अपना आश्चर्य प्रकट किए बिना केवल इतना पूछा, 'आप आइवन हो को जानती हैं?'

रोवेना से कोई जवाब न पाकर मुसाफिर बोला, 'अब वे भले-चंगे हो चुके होंगे और मुझे पूरा यक़ीन है कि वे अपने जातीय गौरव की रक्षा करने के लिए कल एश्बी के दंगल में उपस्थित होकर गिलबर्ट से ज़रूर भिडेंगे। अच्छा अब आप सोईए, मैं भी चलता हूं। कल मुझे भी तो दंगल में पहुंचना है।' वह उठकर खड़ा हो गया। रोवेना ने मुसाफिर को धन्यवाद के साथ-साथ सोने की एक अशर्फी भी दी और कहा, 'मुझे आपसे बात करके दरअस्ल बड़ा सकून मिला है। यहां तो किसी को भी आइवन हो के संबंध में कोई दिलचस्पी ही नहीं रही थी। आपने आकर कुछ बताया तो चर्चा करने का मन हुआ। अच्छा अलविदा। और हां, आइवन हो मिले तो उसका ध्यान रखिएगा, क्योंकि आपने उस पर शर्त भी तो बदी है।' मुसाफिर रोवेना को प्रणाम कर उसके कक्ष से बाहर निकल आया। दासी ने बाहर निकलकर उसे एक नौकर के साथ कर दिया जो उसे उस कोठरी में छोड़ गया, जहां एक कोने में वह बूढ़ा यहूदी आईज़क सो रहा था।

यहूदी सोया तो खैर नहीं था, सोने का अभिनय ज़रूर किए पड़ा था। उसे नींद नहीं आ सकती थी। वह तो अपने को जैसे मृत्यु के जबाड़े में फंसा मान रहा था। उन दिनों यहूदियों को सताना आम रिवाज़ बन चुका था और अधिकतर लोग उन्हें मनुष्यों का स्तर तक देना पसंद नहीं करते थे। सीड्रिक के नौकर-चाकर

तक उसे अपने से हेय मानते हुए घूरते रहे थे और अगर सीड्रिक ने वाम्बा को उसका ध्यान रखने की हिदायत न दी होती तो अब तक वह अपनी आखिरी सांस ले भी चुका होता। रात ढलती जा रही थीं। अजनबी मुसाफिर ने अपने सोने की जगह ठीक-ठाक की और पड़ रहा। उसे सुबह बहुत दूर चलना है इसलिए सोचा कुछ आराम कर लिया जाए। आराम का मतलब निष्क्रिय होकर पड़ जाना ही नहीं हो सकता। अस्ल में आराम करके शरीर को आगे आने वाले काम के कठिन वक़्त के लिए तैयार करना होता है। इसलिए वह थोड़ी देर आंखें मूंदे पड़ा रहा। ज़रा सी भी आवाज़, भले ही वह यहूदी द्वारा करवट बदलने से पैदा होती, उसे असहज बना डालती और वह आंख खोल लेता।

असल में उस यहूदी को भी उससे डर लग रहा था, इसलिए वह बेचैन हो बार-बार करवट बदल रहा था। आख़िरकार वह उठ खड़ा हुआ और यहूदी को भी झिंझोड़कर उठाया। यहूदी थर-थर कांपने लगा तो उसने उसे धीरज दिया, 'घबराओ मत और मेरी बात ध्यान से सुनो। तुम्हारी जान ख़तरे में है, लेकिन मैं तुम्हें बचाना चाहता हूं। खैरियत चाहते हो तो अभी मेरे साथ बाहर निकल चलो। सुबह जाग होने के पहले हमें बहुत दूर निकल जाना चाहिए।'

यहूदी फौरन तैयार हो गया। बोला, 'चलो, मैं चलता हूं। मुझे इनकी नीयत का यक़ीन ही नहीं हो पाया, इसलिए रात में सो भी नहीं सका हूं। मैंने रात में गिलबर्ट के साथियों को अपने संबंध में मिसकोट करते देखा है, पता नहीं मुझे मार कर इनका कौन सा काम सध जाएगा?'

'असल में वे तुम्हें धर पाए तो तुम्हारे संबंधियों से तुम्हारे एवज़ में एक बड़ी धनराशि पा जाने का सपना तो साध ही लेंगे।' मुसाफिर ने कहा।

'हे मेरे प्रभु! रक्षा करना!' यहूदी प्रार्थना में झुक गया।

अजनबी बोला, 'सुनो आईज़क, अब देर मत करो, चलो निकलो। मैं तुम्हें ऐसे रास्ते से ले चलूंगा, जिससे हम जल्दी से जल्दी किसी बसापत में पहुंच जाएंगे। वहां तुम्हें तुम्हारे लोगों में छोड़कर मैं अपनी मंज़िल पकड़ लूंगा। चलो बढ़ो आगे।' दोनों बाहर निकल आए।

बाहर गर्थ और वाम्बा सो रहे थे, मुसाफिर ने गर्थ को जगाया। 'चलो हमें पिछले रास्ते से महल के बाहर निकालो, हम अभी जाएंगे। वाम्बा भी जाग गया और दोनों ना-नुकर करने लगे, 'सुबह फाटक खुलने पर जा सकोगे?'

मुसाफिर गर्थ को पकड़कर एक ओर ले गया और उसके कान में उसने जाने क्या फूंक मारी कि वह झुककर उसे सलाम करने लगा। अजनबी ने उसे आदेश दिया, 'जल्दी करो मेरे लिए घोड़ा और इसका खच्चर ले आओ, तनिक भी आहट न हो, होशियारी से।'

गर्थ ने तत्काल ही हुक्म का पालन किया। वाम्बा कुछ नहीं समझ सका और थोड़ी देर यूं ही ताकता रहा, फिर पुनः लेट गया। गर्थ उन्हें महल के पिछवाड़े के फाटक पर ले गया और चुपचाप उन्हें बाहर निकाल दिया

दोनों सवार तेज़ी से जंगल में उतर गए। जंगल में उस समय भी अंधकार छाया हुआ था। दोनों तेज़ी से आगे बढ़ रहे थे। यहूदी अभी भी मुसाफिर की तरफ़ से बेखौफ़ नहीं हुआ था, इसलिए जानबूझकर वह अजनबी के पीछे हो गया। दिन निकलते-निकलते वे लोग जंगल पार कर गए थे और अब आगे शेफील्ड नगर दीखने लगा था। थोड़ी देर बाद मुसाफिर घोड़ा रोककर खड़ा हो गया और यहूदी से विदा लेने का इरादा प्रकट करते हुए बोला-'सामने शेफील्ड दीख रहा है। वहां तुम्हारे बहुत से भाई-बिरादर हैं, उनसे मदद मिल जाएगी, मैं चलता हूं।'

'अरे वाह, ऐसे कैसे चले जाओगे? मैं क्या ऐसा नाशुक्रा हूं जो तुम्हें यूं ही चला जाने दूंगा। तुमने मेरा जीवन बचाया है। शेफील्ड में मेरा भाई रहता है, तुम मेरे साथ चलो। मैं तुम्हारे उपकार का बदला चुकाना चाहता हूं।' यहूदी का गला भर आया, मगर उसने अजनबी के घोड़े की रास नहीं छोड़ी।

'मैंने जो किया वह मेरा फ़र्ज भी था और उसके लिए मैं कुछ भी बदला नहीं चाहूंगा। हां, यदि तुम अपने किसी ईसाई कर्ज़दार का कर्ज़ माफ़ कर पाओ तो समझ लेना कि तुमने मेरा बदला चुका दिया। अच्छाई के बदले अच्छाई का रास्ता अपनाओगे तो अच्छाई का ही फैलाव होगा। अच्छा मैं चलूं?' मुसाफिर ने लगाम सहेजी।

'तुमने मेरे मन में बहुत बड़ा स्थान बना लिया है। हालांकि मैं इस समय पहले जैसा धनी नहीं रह गया हूं। लेकिन फिर भी तुम्हारी ज़रूरतों का सामान तुम्हें मुहैया ज़रूर करा सकता हूं। मैं जानता हूं इस समय तुम किस फ़िराक़ में हो?' यहूदी बोला।

'मैं किसी फ़िराक़ में हूं! यह तुमको कैसे पता है?'

'ज़रा रुक जाओ।' मुस्कुराता हुआ वह अपने खच्चर से उतर पड़ा और ज़ेब से एक कागज़ निकालकर उस पर उसने कोई नाम और संदेश लिखा और उसे मुसाफिर को पकड़ाते हुए विनयपूर्वक बोला, 'तुम लिस्टर की ओर जा रहे हो। वहां पहुंचकर तुम इस पते पर मेरे दोस्त से मिलना। वह तुम्हें उम्दा घोड़ा, अच्छे हथियार दे देगा और दंगल में उस घमंडी गिलबर्ट के दिमाग़ की चूलें ढीली करने में लग जाना। दंगल खत्म हो जाने पर उसकी चीज़ें उसे वापस कर देना।'

अजनबी को हैरत हुई कि उसके मक़सद को वह कैसे जान सका? वह बोला, 'लेकिन क्या ज़रूरी है मैं दंगल से ज़िंदा ही वापस आ पाऊं, वहां मेरी मौत भी तो हो सकती है, तब उससे प्राप्त चीज़ों को उसे कैसे लौटाया जाएगा?' मुसाफिर ने हंसते हुए कहा।

'ऐसा ख्याल भी मत करो। तुम न हारोगे और न मरोगे और अगर सामान उसे वापस नहीं भी दे पाए तो वह मेरे नाम पर उसे सहन कर लेगा। अच्छा, जाओ और विजय प्राप्त करो। अलविदा।' यहूदी ने उसके घोड़े की रास छोड़ दी। एड़ लगते ही घोड़ा हवा से बातें करने लगा। बूढ़ा यहूदी थोड़ी देर तलक अपना खच्चर रोके खड़ा रहकर उसे जाते हुए देखता रहा फिर वह भी शेफील्ड की ओर बढ़ चला।

लिस्टर इंग्लैण्ड के नामी शहरों में से एक था। अजनबी मुसाफिर बिना रास्ते में रुके लिस्टर पहुंच गया और सीधा यहूदी के दिए पते पर पहुंच गया, जहां पत्र सौंपते ही उसे दंगल में वीर योद्धाओं की ज़रूरत का सारा सामान तत्काल उपलब्ध करा दिया गया।

एश्बी का मैदान भी लिस्टर से ज़्यादा दूर नहीं था और उससे आगे ही एश्बी नामक गांव था, जिसके नाम पर दंगल का नाम एश्बी पड़ गया था। हर साल नियत तिथि पर यहां इस मैदान में खेल-कूद की प्रतियोगिताएं होती आ रही हैं और चिरकाल से ही दूर-दूर से प्रतियोगी यहां आकर अपना सामरिक कौशल और बहादुरी का प्रदर्शन करते रहे हैं। मैदान के किनारों पर चारों तरफ़ दर्शकों के बैठने की व्यवस्था रहती आई है, जहां वे छायादार वृक्षों के नीचे बैठकर खेल का आनंद लिया करते हैं। दंगल का प्रबंध करने वाली समिति पर राज्य का नियंत्रण रहता है और दंगल का उद्घाटन एवं सदारत करने के लिए खुद इंग्लैण्ड के सम्राट यहां मौजूद रहते आए हैं। इस साल चूंकि इंग्लैण्ड के राजा

शेफील्ड और डोनकास्टर नगरों के बीच फैला हुआ जंगल

रिचर्ड अभी विदेश से लौटकर नहीं आ सके हैं, जहां वे धर्म युद्ध में भाग लेने के लिए गए हुए थे, इसलिए उनके एवज में इंग्लैण्ड की राजगद्दी पर आसीन हो गए राजकुमार जॉन यहां दंगल में रौनक अफ़रोज होने वाले हैं। आस-पास नगरों और गांवों से लोग इस दंगल को देखने आया करते हैं। उन दिनों कोई दूसरा काम कहीं नहीं हुआ करता। प्रतियोगिता में भाग लेने वाले तो कई-कई दिन पहले से ही मैदान के बाहर अपने डेरे-तंबू गाड़ कर रहने और अभ्यास करने आ जाया करते हैं। दंगल में विजय प्राप्त करने वाले सूरमा रातों-रात देश भर में जान लिए जाते हैं और स्वयं सम्राट के द्वारा पुरस्कृत हो जाने से वे दरबार में भी अपना स्थान बना सकने में सफल हो जाते हैं। देश भर में अपनी सूरमाई के लिए ख्यात् हो चुके अनेक योद्धा कभी न कभी यहां आकर अपना कौशल प्रदर्शन कर चुके रहे होते हैं।

दंगल में नागरिकों के स्तर के अनुकूल ही उनके बैठने की व्यवस्था रहती आई है। मैदान के बीचोंबीच शाही पंडाल रहता आया है जहां से राजा बैठकर न केवल खेल देखता, बल्कि प्रबंधकों पर नियंत्रण भी रख सकने में सक्षम रहता है। राजा के साथ-साथ अन्य उच्च पदाधिकारी भी वहां आस-पास ही मौजूद रहते हैं और वहीं दंगल की रानी का सिंहासन भी रखा रहता है, जिसका चुनाव दंगल में पहले दिन विजयी रहे प्रतियोगी की अपनी मर्ज़ी पर निर्भर रहता आया है। विजयी योद्धा अपना हैल्मेट जिस सुंदरी के समक्ष आदरपूर्वक प्रस्तुत कर दे दंगल की रानी के लिए नियत उस सिंहासन पर उसे ही बैठा दिया जाता था और फिर उस वर्ष की सभी प्रतिस्पर्धाओं में विजयी रहे सूरमाओं को सम्मानित भी वही करती थी। देश भर से चुनिंदा सुंदरी कुमारियां दंगल की रानी बनने की ख्वाहिश लिए अपने अभिभावकों सहित एश्बी आया करती थी।

सिंगो और तुरहियों की आवाज़ों के साथ राजकुमार जॉन ने अखाड़े में प्रवेश किया। उसके पीछे-पीछे दूसरे छोटे-बड़े अमीर उभरा दरबारी और रईसों की सवारियां आईं। राजकुमार जॉन के आसन से कुछ दूर ही बड़े अमीरों के बीच सैक्सन राजा सीड्रिक और कुमारी रोवेना विराजी हुई थी।

टूर्नामेन्ट शुरू होने के पहले सम्राट द्वारा घोड़े पर चढ़कर अखाड़े का चक्कर लगाने का चलन रहा है। आज भी ऐसे अवसर पर लोगों को याद आ गया था कि सम्राट रिचर्ड जिन्हें अब ऑस्ट्रिया में बंदी बताया जा रहा है, देश के

चोटी के सूरमा रहे और तलवारबाजी में तो उनका कोई जवाब ही नहीं रहा था और आज, हीरे-मोती जड़ा राजमुकुट और अन्य अनेक कीमती आभूषणों समेत शानदार शाही लिबास पहनकर, राजकुमार जॉन अपने शानदार शाही घोड़े पर सवार होकर रणभूमि का निरीक्षण करने निकले थे। उनकी तलवार की मियान पर अनेक बेशकीमती रत्न जड़े हुए थे और दर्शकों की ओर उनकी चमक फूटी पड़ रही थी। उनके आजू-बाजू चल रहे उनके अंग-रक्षकों की कतार की छटा भी बस देखते ही बन रही थी। रणभूमि का चक्कर लगा लेने के बाद राजकुमार जॉन आकर अपने लिए नियत आसन पर बैठ गए; और उन्होंने तब दंगल के आयोजकों के मुखिया को बुलाकर दंगल शुरू कराने की आज्ञा दे दी। फौरन ही रणभेरी बजी; एक घुड़सवार आगे बढ़ा और उसके द्वारा बिगुल फूंका जाकर दंगल प्रारंभ करने का ऐलान हुआ।

टूर्नामिन्ट में भाग लेने आए योद्धा ठट के ठट, अपने डेरे-तंबुओं से बाहर निकलते दीखने लगे। घुड़सवार ने एक सूची निकाली और दंगल में भाग लेने वाले सूरमाओं के नाम और उनकी करतूतों का बखान शुरू कर दिया। इसके बाद मैदान में उनके प्रवेश करने के लिए दरवाज़ा खोला गया। देखते-देखते योद्धागण अपने-अपने घोड़े दौड़ाते हुए मैदान भर में छा गए; जिनके घोड़ो की टापों से उठते घोष और धूल से सारा मैदान अंट गया। अब मुकम्मल तौर पर युद्ध शुरू हुआ...

युद्ध की भेरी बजती रही और सूरमा अपने शानदार घोड़ों को मन-माफ़िक संचालित करते हुए एक-दूसरे पर वार कर रहे थे। जो योद्धा जिससे लड़ना चाहता था या जिससे उसने बाजी बदी हुई थी, उसके सामने डट कर उसकी ढाल पर अपने भाले से चोट करता और उससे जुथ जाता था। घोड़े हिनहिनाते और सवार द्वारा पकड़ी गई लगाम के इशारे पर, कभी आगे तो कभी पीछे या दाएं-बाएं होते हुए सवार को सूरमाई का पैंतरा दिखाने का मौका मुहैया कराते रहे थे। तलवारें और ढालें खनखनाती रहीं। सबसे पहले नारमन सूरमाओं ने सरदार गिलबर्ट के नेतृत्व में अपने विरोध पक्ष के लोगों की मिट्टी पलीद कर डाली। तीन-तीन बार ज़बरदस्त भिड़ंत हुई और नारमन वीर अपने मुखालिफ़ों पर हावी होते चले गए। हारे हुए योद्धा एक-एक कर अखाड़े से बाहर कर डाले गए। गिलबर्ट के साथी विजयोन्मत्त हो चिल्लाते हुए जाकर दूसरी तरफ़ एकत्रित

हो गए। गिलबर्ट प्रसन्न मन सीना तानकर मैदान के बीचोंबीच जाकर खड़ा हो गया और वहीं से घोड़े पर बैठे-बैठे दर्शकों को उनकी शुभ-कामनाओं के लिए हाथ उठा-उठा कर आभार प्रकट करता रहा। वैसे उसके हाव-भाव से झलक रहा था गोया वह कह रहा हो-'है कोई माई का लाल?'

फिर ऐसा भी क्षण आया जब सबने देखा कि गिलबर्ट से इशारा पाकर उसके अपने तंबू की ओर से तुरही और बिगुल बज उठने की आवाज़ें आनी शुरू हो गईं। ये बाजे गिलबर्ट की जीत की खुशी का इज़हार थे। इसके अलावा यह इस बात का ऐलान भी था कि अगर किसी को गिलबर्ट की सूरमाई में संदेह रह गया हो तो वह अपने दम-खम आजमाने के लिए गिलबर्ट को चुनौती देने आगे आ जाए।

थोड़ी देर पूर्ण सन्नाटा छाया रहा। सीड्रिक के मन में यद्यपि नारमन लड़ाकों के मुकाबले में उतरे सैक्सन सूरमाओं के पिछड़ जाने और गिलबर्ट की गर्दन गर्व से तन जाने के सबब से मुरदनी ज़रूर छा गई थी, परन्तु फिर भी उनके मन में कहीं एक क्षीण सी आशा भी ज़रूर अटकी रह गई थी कि ज़रूर कोई वीर किसी न किसी कोने से प्रकट होकर गिलबर्ट के गर्व को झटका देगा, मगर कब? सीड्रिक और रोवेना दोनों ही अपने मन और कानों में उस योद्धा के आगमन की चाप सुनने के लिए बेताब थे और अपने स्थान से उचक-उचक कर चारों दिशाओं में नज़र दौड़ा रहे थे। ऐसे में सीड्रिक की निगाहें भीड़ में उस अनजान मुसाफिर की स्थिति भी ताड़ने की चेष्टा कर रही थी जिसने उसके घर में भोजन के कमरे में गिलबर्ट से शर्त बदी थी कि एश्बी के दंगल में उसकी चुनौती का उत्तर देने के लिए वह नौजवान ज़रूर आएगा...लेकिन वह नौजवान है कहां, अभी तक आया क्यों नहीं? तो क्या आइवन हो अभी जरूसलेम से लौटा नहीं है? तो क्या...?

सीड्रिक का मन किसी अज्ञात कल्पना से घबरा उठा। उसके माथे पर पसीने की बूंदे चुहचुहाने लगी। उसने जेब से अपना रूमाल निकाल कर पसीना पौंछा और मन को समझाया-'अशुभ कल्पनाएं तो कभी करनी ही नहीं चाहिएं।' वह सम्हल कर बैठ गया... सोचने लगा, 'क्या रोवेना को भी ऐसी ही कोई कल्पना सता रही है?' वह उसे ढाढ़स बंधाने के लिए उचित शब्द खोजने ही वाला था कि...।

अचानक वातावरण में तुरही की तेज़ आवाज़ गूंज उठी। वह आवाज़ मानो कानों में छेद ही कर गई। सब लोग चौंक पड़े। गिलबर्ट के तंबुओं से बज रहे बाजे शांत पड़े थे। अखाड़े में सब एक-दूसरे की ओर देखने लगे। समझ लिया गया कि यह आवाज़ गिलबर्ट की चुनौती के जवाब में गूंजी है। सीड्रिक की प्रसन्नता का तो कोई ठिकाना ही नहीं रह गया था और रोवेना की निगाहें दूर कहीं से बढ़ते चले आ रहे आकार को मन में पहचानने की मुहिम में जुट गई थी।

अचानक उड़न तश्तरी की गति से अपना काला घोड़ा दौड़ाते हुए एक जवान सूरमा जिसने अपनी पूरी शिनाख्त छुपाने के लिए शरीर पर ज़िरह बख्तर पहना हुआ था, मुंह पर नकाब डाले हुए वहां प्रकट हुआ। उसका नोकदार चमचमाता हुआ भाला बहुत ही लंबा था और उसकी ढ़ाल पर शाहबलूत वृक्ष की आकृति बनी हुई थी।

घुड़सवार ने दौड़ते हुए ही गिलबर्ट की स्थिति का अनुमान कर लिया था कि वह अखाड़े में कहां खड़ा हुआ है और वह सीधा उसी की ओर जाता दीख भी रहा था कि अखाड़े में घुसते-घुसते उसने अपने घोड़े को हल्का सा इशारा देकर एकाएक उस ओर घुमा लिया, जिधर राजकुमार जॉन बैठा हुआ था, और घोड़े पर बैठे-बैठे ही उसने अपना भाला उनके सम्मान में ज़रा सा झुकाकर कुलीन अंदाज़ में सम्राट का अभिवादन किया, और फिर वैसे ही अंदाज़ में वहां उपस्थित महिलाओं के लिए सर झुकाकर सम्मान प्रदर्शित किया और बिना समय गंवाए अपना घोड़ा दौड़ाता हुआ वह गिलबर्ट की ओर लपका; और वीरोचित्त अंदाज़ में बढ़कर अपने भाले से गिलबर्ट की ढाल पर चोट की-'झन्न!'

वह गिलबर्ट के लिए चुनौती ही बनकर आया था।

बड़ी देर तक उसकी उत्पन्न की गई वह झन्न ध्वनि गिलबर्ट के कानों में गूंजती रही, फिर थोड़ा सम्हलकर उसने बेपरवाही दिखाते हुए उस प्रतिपक्षी को पैनी निगाहों से तौला, क्योंकि उसके भाले के वेग से केवल उसके कानों ने ही असर कबूल किया हो ऐसी बात नहीं थी, बल्कि उसने जिस हाथ से ढाल पकड़ी हुई थी, उसे भी एक बार झटका सा लगा था, किंतु गिलबर्ट की हैकड़ी उसके शब्दों में घुल गई; और वह तिरस्कार पूर्वक उद्धतता से बोला; 'तुमने शायद सुबह की पहली पारी में मेरे विरोधी योद्धाओं की दुर्गति होते नहीं देखी? क्यों नाहक, अपनी मृत्यु को बुला रहे हो?'

'मैं अपनी मौत को तुमसे ज़्यादा साहस के साथ कबूल कर सकता हूं।'

'तो फिर इसी रात में तुम ज़रूर यमलोक में सो रहे होगे!' गिलबर्ट बोला।

'इतना घमंड मत करो गिलबर्ट, मैं तुम्हारा घमंड टूटने का बानक बनूंगा।'

लोग चकित थे कि अनजान घुड़सवार खम ठोककर गिलबर्ट को चिढ़ा रहा है और उन्हें लगने लगा था कि गिलबर्ट निश्चय ही इस घुड़सवार को मार डालेगा। चकित तो गिलबर्ट भी था कि अभी देश में लोग उसकी सूरमाई से नावाकिफ़ हैं और उनमें से ही यह घुड़सवार भी है। आखिर यह आया कहां से है? कौन है जो उसे चुनौती दे रहा है? कुछ देर तक तो वह उसे घूरता ही खड़ा रहा। अब लोगों को यक़ीन होने लगा कि मुकाबला दिलचस्प रहेगा। और सचमुच हुआ भी ऐसा ही युद्ध के निरंतर बज रहे बाजों की धुन के बीच दोनों योद्धा पूरे कौशल से संघर्ष करते रहे। लगता था जैसे दोनों एक-दूसरे की जान लेने पर आमादा थे। घोडों के खुरों से खूंदी जाकर अखाड़े की ज़मीन से धूल के अंबार उठ रहे थे। सितारे टूटने की रफ़्तार से चमचमाते हुए भाले चलते रहे और वे एक-दूसरे के वार को ढाल पर झेलकर नाकाम बनाते रहे।

अचानक गिलबर्ट पीछे हटा और फिर दुगने वेग से अपना भाला तानकर, शरीर की पूरी ताकत और मन का योग लगाकर, उस अनजान नकाबपोश घुड़सवार की ओर झपटा। अनजान घुड़सवार ने घूमकर उसके उस वार को कौशलपूर्वक अपनी ढाल पर झेल तो लिया, पर वह घोड़े से गिरते-गिरते बचा। गिलबर्ट के भाले की नोक टूट गई।

साहसी घुड़सवार ने भी बिना दम लिए अपनी शक्ति बटोरी और गिलबर्ट की ओर निशाना साधकर भाले से वार कर दिया और गिलबर्ट अपनी पूरी कोशिश के बावजूद उसके वार की हद में आने से नहीं बच सका। भाला उसके लोहे के हेल्मेट पर लगा जिससे गिलबर्ट का माथा तक भिन्ना उठा और वह अपने घोड़े से नीचे गिर पड़ा। लेकिन फिर जल्दी से सम्हल कर उसने अपनी तलवार खींच ली और घुड़सवार की ओर लपका, लेकिन घुड़सवार ने भी ग़ज़ब की फुर्ती दिखाई और वह भी उछलकर घोड़े से नीचे कूद गया तथा भाला एक तरफ़ छोड़, तलवार पकड़ कर गिलबर्ट की ओर दौड़ा; लेकिन इस बीच दंगल का

सरदार अखाड़े में आ गया और युद्ध बंदी के ऐलान के साथ-साथ उस अनजान घुड़सवार को विजयी घोषित कर डाला गया। अब गिलबर्ट के सामने अपने तंबू में बैठकर रोने, सुबकने, फड़फड़ाने और अपने कपड़े फाड़ने के आलवा कोई अन्य चारा नहीं रह गया था। क्योंकि अखाड़े में खड़ा घुड़सवार अब हाथ उठा-उठाकर जनता से अभिवादन स्वीकार कर रहा था। जनता भी दिल खोलकर उसका जय-जयकार कर रही थी।

फिर घुड़सवार से संकेत पाकर तुरही बजाई गई, जिसका मक़सद था कि चाहें तो गिलबर्ट के दल के दूसरे वीर उससे भिड़ने के अपने दिल के अरमान निकाल लें। एक-एक करके कई योद्धा उस घुड़सवार से लड़ने के लिए अखाड़े में उतरे भी, लेकिन वह घुड़सवार उनसे कमज़ोर नहीं ठहरा। युद्ध समाप्त घोषित किया गया तो राजकुमार जॉन ने भी विजयी योद्धा का स्वागत किया। 'अनजान सूरमा', राजकुमार बोला-'अब आज तुम्हें एक काम और भी करना है, तुम्हें यहां सुंदरियों में से किसी एक सुंदरी का चयन करना है। कल से उसी सुंदरी को, प्रेम की देवी के रूप में उत्सव की अध्यक्षा के आसन की शोभा बढ़ानी है। लाओ, भाला इधर बढ़ाओ।'

घुड़सवार आगे बढ़ा, राजकुमार को सिर झुकाकर उसने आज्ञा का पालन करते हुए अपना भाला राजकुमार के आगे कर दिया। राजकुमार ने उसकी नोक पर हरी साटन से बना शानदार मुकुट टांग दिया जिसे भाले पर उठाए-उठाए घुड़सवार महिलाओं की गैलरी में होता हुआ कुमारी रोवेना के सामने जाकर ठहर गया और उसे सैनिक ढंग से सलामी देने के बाद वह मुकुट उसने उसे अर्पित कर दिया। तुरही और नगाड़ों की सुमधुर ध्वनि के बीच, दंगल के सरदार द्वारा ऐलान किया गया-'प्रेम की देवी के रूप में सुंदरी रोवेना का चयन हुआ है।'

दर्शकों द्वारा रोवेना की जय-जयकार होने लगी। इस बीच अनजान घुड़सवार जाने कहां खिसक गया और किसी को पता तक नहीं चल सका कि वह आखिर था कौन?

दूसरे दिन दंगल के आयोजकों ने देखा कि आज़ न केवल दर्शकों की भीड़ अधिक थी, बल्कि दंगल में भाग लेने आए योद्धाओं की संख्या में भी बढ़ोतरी आई थी। इसलिए मैदान में कुछ अतिरिक्त तंबू दिखाई देने लगे थे।

राजकुमार जॉन अपने टहलुओं और अहलकारों के साथ आज कुछ पहले

ही आया और अपने स्थान पर बैठने ही वाला था कि उसकी निगाह सीड्रिक के साथ-साथ चुपचाप चली आ रही रोवेना पर पड़ी तो वह उसको खुशामदीद कहता हुआ उसकी अगवानी के लिए आगे आया और बोल पड़ा, 'आज निश्चित ही मेरे सौभाग्य पर मुहर लगी है।' उसने रोवेना का हाथ थामकर उसे घोड़े से नीचे उतारा और फिर साथ ले जाकर सजे हुए सिंहासन पर बिठाया। लोगों ने हर्ष से तालियां बजाईं।

आज पचास-पचास योद्धाओं की दो टुकड़ियां मैदान में उतरी। एक का नेतृत्व ब्रॉयन दे बुई गिलबर्ट कर रहे थे, तो दूसरी उस अनजान घुड़सवार के समर्थन में उतरी थी। गिनती के बाद ही पता चला कि आज अनजान घुड़सवार को अपवाद स्वरूप तीन-तीन ऐसे सूरमाओं से लोहा लेना होगा, जो अपने शस्त्र संचालन के लिए इंग्लैण्ड भर में ख्याति प्राप्त कर चुके हैं। वे लड़ाके थे 'फ्रन्ट दे ब्यूफ़', बुई गिलबर्ट और एथेलस्टन जो होने को तो सैक्सन था, पर घुड़सवार द्वारा रोवेना को सुंदरी के रूप में चयन कर लिए जाने से आहत हो गई अपनी भावनाओं के कारण, लड़ेगा नारमन खेमे की विजय के लिए और सीड्रिक रोवेना की शादी इसी एथेलस्टन से कराने का सपना पाले हुए था।

दंगल के सरदार द्वारा, राजकुमार जॉन से युद्ध शुरू करने देने की आज्ञा लिए जाने के बाद, तुरही फूंक कर ऐलान कर दिया गया। थोड़ी देर में ही वहां घमसान मच गया। हारे हुए सैनिक मैदान से अलग निकाल दिए जाते रहे। जो लोग युद्ध में ज़ख्मी हो जाते वह स्वयं मल्हम पट्टी कराने के लिए बाहर निकलते और फिर तैयार होकर वापस मैदान में लौटकर शत्रु से भिड़ जाते। घायल होकर लड़ने में अक्षम होने वाले सेवकों द्वारा तंबुओं में पहुंचाए जाते रहे। घुड़सवार और गिलबर्ट दोनों बहुत सक्षम योद्धा प्रतीत हो रहे थे। एक बार तो उस अनजान घुड़सवार सूरमा ने वार पर वार करते हुए गिलबर्ट की जान ही सांसत में डाल दी थी और दर्शकों को लगने लगा कि अब उसके पास अपने सारे कौशल का उपयोग आत्मरक्षा में करने के आलवा दूसरा कोई चारा ही नहीं रह गया था।

गिलबर्ट के साथियों में से एथेलस्टन और फ्रंट दे ब्यूफ़ ने उसकी निरंतर पतली होती जा रही स्थिति को ताड़ कर घुड़सवार सूरमा को घेर लिया। अब घुड़सवार सूरमा तीनों योद्धाओं से लड़ने लगा था, लेकिन लोगों को उसका इस प्रकार घेर लिया जाना अखरने लगा तो सब ओर चिल्ल-पौं मच गई। और इसके पहले कि

काला घोड़े वाला घुड़सवार (आइवन हो)

दंगल के आयोजक इस युद्ध को रोकने के लिए आगे आते, वहां घुड़सवार के पक्ष का एक योद्धा जिसने काले कपड़े पहने हुए थे और अपना मुख नकाब से ढका हुआ था, जो काफी देर से गिलबर्ट और घुड़सवार का संघर्ष अखाड़े के बाहर खड़ा हुआ निर्लिप्त भाव से देख रहा था...यह सोचकर कि अब ये तीनों सूरमा घुड़सवार को थका डालने की जुगत में उससे एक साथ भिड़ गए हैं, घुड़सवार सूरमा की मदद करने के लिए दौड़ा चला आया और उसने फ्रंट द ब्यूफ़ को अपने भाले के एक ही वार से ज़मीन पर लिटा दिया; इसके बाद उसने बाज की सी गति से झपट्टा मारकर एथेलस्टन के हाथ से उसका भाला छीनकर उसकी पीठ पर दे मारा। इस अप्रत्याशित पैंतरे से भौंचक्का एथेलस्टन, काले सवार के वार का वेग न सम्हाल पा सकने के कारण, अपने घोड़े से नीचे गिर पड़ा और गिरते ही बेहोश हो गया। दर्शक दीर्घा से 'काले सवार की जय हो' का शोर उठा; लेकिन वह इस सारे जयकारे को अनसुना कर रणक्षेत्र से बाहर आ गया।

दंगल के विधान के अनुसार हारते जाते योद्धाओं को हाथों-हाथ मैदान से बाहर कर दिया जाता रहा था; इसलिए अब अखाड़े में दोनों मुख्य प्रतियोगी सूरमा, गिलबर्ट और ज़िरह-बख्तर डॉटे हुए वह अनजान घुड़सवार ही आमने सामने रह गए थे। दोनों का युद्ध अब अंतिम दौर में था। गिलबर्ट अब केवल घुड़सवार के वार से बचने की कोशिशों में लग गया था। बचने के लिए कभी वह घोड़े को आगे तो कभी पीछे नचा रहा था और घुड़सवार वार पर वार किए जा रहा था। अचानक घुड़सवार ने पूरे वेग से भाला फैंका जिससे बचने के लिए गिलबर्ट ने फुर्ती से अपने घोड़े को पीछे करने के लिए लगाम खींची, घोड़ा पिछली टांगों पर सतर खड़ा हो गया, लेकिन संभल नहीं पाने से पीछे ही गिर गया, पर गिलबर्ट चूंकि इस सबके लिए तैयार नहीं था, अतः वह घोड़े से भी पहले जमीन पर गिर पड़ा। और तब घुड़सवार सूरमा ने अभूतपूर्व फुर्ती दिखाई। इसके पहले कि गिलबर्ट उठ कर खड़ा हो सके, घुड़सवार तेज़ी से अपने घोड़े से कूदा और तलवार गिलबर्ट के सीने पर अड़ा कर बोला-'बता क्या चाहिए, हार या मौत?'

फैंसला राजकुमार ने दिया। दंगल समाप्त घोषित हुई और उस अनजान घुड़सवार को विजयी घोषित कर दिया गया; और विजय प्राप्त करने का पुरस्कार प्राप्त करने के लिए उसे रोवेना के सम्मुख ले जाया गया। पूरा शरीर ज़िरह-बख्तर से ढंके, मुंह पर नकाब लगाए जब वह दंगल की देवी के सिहांसन पर बैठी रोवेना

के सम्मुख पहुंचा तो शरीर से पूरी तरह थका हुआ लस्त-पस्त दिखाई दे रहा था। दंगल के नौकरों को आश्चर्य हो रहा था कि अभी कुछ क्षण पहले ही जो शख़्स अपने सामरिक कौशल और फुर्ती का प्रदर्शन करते हुए देश के प्रसिद्ध योद्धाओं को हराने में सफल हुआ था, वह इतनी शीघ्र इतना थका-थका कैसे दिखाई देने लगा था कि उसे दस कदम चलने में भी सहारा लेने की ज़रूरत पड़ गई और यदि उसे सम्हाला न गया होता तो शायद वह वहां बेहोश होकर गिर ही पड़ा होता। दरअस्ल लड़ाई में उसे कई घाव लगे थे और उसके नकाब तक में से खून टपक रहा था। उसे विजय-मुकुट पहनाने के लिए रोवेना अपने आसन से नीचे उतर कर आई, तब तक वह ज़मीन पर बैठ गया था। लोग उसका चेहरा देखने का आग्रह करने लगे और दंगल के नौकर जब उसका नकाब उतारने की चेष्टा में आगे बढ़े तो उसमें उन्हें बरजने तक की शक्ति तक नहीं रह गई थी। हालांकि उसने कुछ कहा ज़रूर था, लेकिन नौकरों (मार्शल्स) को उसे सुनने की फुर्सत कहां थी। और नकाब उतर जाने पर लोगों ने देखा वह मात्र पच्चीस बरस का युवक था। उसके कोमल बाल उसके मुख पर बिखर गए थे। खून बहता हुआ आंखों में पहुंचा तो वे मुंदने लगी थीं। खून अधिक बह जाने के कारण मुख का रंग पीला पड़ चुका था। उसका मुख देखकर रोवेना चौंक उठी। उसने क्या कहा था, वह उसको स्वयं भी सुनाई नहीं पड़ा था। उसे कांपते हुए हाथों से विजय-मुकुट पहनाते हुए वह खुद भी उसके ऊपर ढुलक पड़ी।

सीड्रिक ने देखा कि विजेता घुड़सवार और कोई नहीं उसका त्याज्य पुत्र आइवन हो था तो उसकी यह पस्त दशा देखकर वह बिलख उठा-'ओह मेरे बिल्फ्रेड।' उसने अस्फुट स्वर में इतना ही कहा था कि मूर्छित आइवन हो में हरारत सी हुई और उसने रोवेना का हाथ पकड़ कर अपनी आंखों से छुआ लिया और रोवेना भी उससे लिपट गई। सीड्रिक को यह सहन नहीं हुआ और उसने रोवेना को खींचकर उससे अलहदा कर दिया, उससे, जिसने कभी उसका हाथ मांगा था और सीड्रिक ने तब उसकी मांग ही नामंजूर नहीं की थी, बल्कि उसे त्याग कर देश-बदर ही कर दिया था।

घुड़सवार का ज़िरह बख़्तर खोला गया तो वह खून से तर निकला, क्योंकि उसकी पसलियों में भाले से कई ज़ख्म बन गए थे। सीड्रिक का मन तो हुआ कि आइवन हो को उठवाकर वह अपने खेमे में ले चले, किंतु फिर वह रोवेना को

लेकर वहां से चला गया। हां, जाते-जाते वह अपने विशेष सेवादार ओस्वाल्ड को, उसकी टहल के लिए तीन-चार दूसरे टहलुओं के साथ, वहीं छोड़ गया।

दंगल के प्रबंधकों की ओर से आइवन हो की देखरेख के लिए शाही हकीमों ने आकर उसकी मल्हम पट्टी की और राजकुमार जॉन ने रेबेका का आइवन हो के प्रति दयालु भाव जानकर उसे परिचर्या के लिए उनकी सुपुर्दगी मे दे दिया।

आइवन हो की जीत का ऐलान होते ही काला सवार, अपना घोड़ा मोड़कर, जंगल में उतर गया था। उसने गिलबर्ट के खिलाफ, आइवन हो को विजयी बनाने में, दिए अपने सक्रिय योगदान के एवज़ में आइवन हो से कृतज्ञता के दो बोल सुनने तक के लिए वहां ठहरना मुनासिब नहीं समझा और न वहां उपस्थित दर्शकों अथवा योद्धाओं में से ही किसी को इतनी सुधि रही कि वे काला सवार के संबंध में कोई खोज-खबर रखते कि वह कौन था, कहां से आया, अनजाने घुड़सवार के पाले में खड़ा होकर क्यों लड़ा, और फिर एकाएक, उसको विजयश्री दिलाकर जाने किधर चला गया; और न किसी ने यही जानना चाहा कि अखाड़े में उतरते समय उसने अपना मुख क्यों छुपाया हुआ था?

जंगल में सरपट घोड़ा दौड़ाते हुए उसे देखकर किसी को भी यही अनुमान हो सकता था कि वह जैसे इस जंगल के सभी पेड़-पत्तों, नदी-नालों और रास्ते के घुमावों से अच्छी तरह वाक़िफ होगा। लेकिन असल में तो वह थका होने के कारण इन सारी चीज़ों से ग़ाफ़िल बना बस चलता ही चला जा रहा था। घोड़े की लगाम उसके हाथ में ज़रूर थी, पर वह घोड़े को काबू में न करके घोड़े की मर्जी पर खुद को छोड़कर, अपने ख्यालों में घिरा, जाने क्या कुछ सोचता चला जा रहा था।

दंगल समाप्त होने के बाद उसे जहां पहुंचना था, वह शायद अभी वहां लौटने के अपने निर्णय को लेकर ढुलमुल था। इसलिए वहां पहुंचने के बाद फिर उसे कहां जाना, क्या करना है और कैसे करना है, उस बारे में कोई मन नहीं बना पा सकने के बावजूद चलता चला जा रहा था यानी वह जहां रास्ता उसे ले जा रहा था, जा रहा था। रात होने के पहले उसने अपने आपको एक साधारण सी पनाहगाह में पाया। वहां उसे बहुत सारे ऐसे लोग दिखाई दिए, जो दंगल देख कर लौटे थे। उनकी बातचीत, बिना उसके चाहे, उसे उस घटनाक्रम का अनुमान करा गई जो असल में दंगल से उसके खिसक आने के बाद घटित हुआ था, कि

कैसे विजेता सूरमा को विजय मुकुट पहनाते हुए, उसकी पस्त हालत देखकर दंगल की देवी के आसन पर बैठी, रोवेना खुद मूर्च्छित हो गई थी। और यह भी कि उसके बदन पर से ज़िरह-बख्तर उतारे जाने के बाद उसकी पसलियों में भाले से बने जख्म देखकर राजकुमार जॉन के हकीमों ने उसकी मल्हम पट्टी की थी। काले सवार को इस संबंध में, और कुछ जानने की अपनी जिज्ञासा को प्रकट किए बिना ही, यह भी सुनने को मिल गया कि हकीमों से मल्हम पट्टी करा देने के बाद राजुकमार जॉन ने आइवन हो को देखभाल के लिए दयालु यहूदी यार्क के आईज़क की बेटी रेबेका की सुपुर्दगी में दिला दिया था।

दिन निकलते ही काला सवार फिर अपने घोड़े की पीठ पर बैठकर चल दिया। अब उसने तय कर लिया था कि वह सबके पहले लिस्टर शहर जाएगा; लेकिन दिन भर जंगल में भूखा-प्यासा भटकते रहने के बाद भी वह लिस्टर की राह नहीं पा सका तो उसे यह चिंता सताने लगी कि रात कहां और कैसे बिताई जाएगी। उसने बहुत कोशिश करके याद करने की चेष्टा की, लेकिन उसे कोई अनुमान नहीं हो सका कि वह किस मुकाम पर है। अब उसने फिर अपने-आपको घोड़े की मर्जी पर ही डाल देने का निर्णय किया और लगाम ढीली कर घोड़े की गर्दन पर लिपटे-लिपटे ही चलने लगा। उसने सोच लिया अब घोड़ा अपने-आप जहां ठहर जाएगा, वह वहीं उतर कर बिखरा हुआ कूड़ा-कर्कट बीन लेगा और अलाव जलाकर रात काट लेगा। रही बात खाने-पीने की सो घोड़ा खुद अब भी भूखा है और वह वहीं ठहरेगा जहां उसे अपने लिए खाने को अच्छी घास दिखाई देगी। पता नहीं इस प्रकार वह कितनी देर रकाब पर पांव फंसाए-फंसाए घोड़े की अयाल पकड़कर उसकी पीठ पर लेटा रहा कि अचानक घोड़े के हिनहिना उठने से उसका ध्यान भंग हुआ। घोड़ा एक सुरम्य स्थान पर बने एक झौंपड़े के सामने खड़ा हुआ अपने खुरों से धरती खुरच रहा था।

काला सवार घोड़े से उतरा और अपने भाले से झौंपड़े के दरवाज़े पर दस्तक देने ही जा रहा था कि दरवाज़ा खुल गया और वहां लंबा सा चौगा पहने एक हृष्ट-पुष्ट संन्यासी प्रगट हुआ जो उसकी ओर सवालिया निगाहों से घूर रहा था गोया पूछ रहा हो, 'कहो क्या चाहिए?'

काले सवार ने एकदम बता दिया, 'बड़ी दूर से आ रहा हूं, जंगल में राह खो जाने से यहां पहुंच गया। मेरा घोड़ा भी थक गया है और मुझमें भी अब

चलने की ताब नहीं रह गई है। भूख मिटाने और रात बिताने के लिए शरण में आ गए हैं।

संन्यासी ने झौंपड़े के एक तरफ़ इशारा करके कहा, 'घोड़े को शेड में बांधकर भीतर चले आओ' और वह भीतर चला गया। काला सवार घोड़े को शेड में ले गयां वहां नांद में थोड़ी सी सूखी घास कटी हुई पड़ी थी। उसने घोड़े की ज़ीन उतारी और घोड़े को नांद पर लगाकर, थोड़ी देर उसकी पीठ खुजलाई और फिर वह भी भीतर चला गया। संन्यासी ने रातब से भरी एक बाल्टी की ओर इशारा करके कहा, 'अब इसमें से थोड़ा रातब ले जाकर घोड़े के सामने रख आओ और आकर मेज़ पर रखी इस डलिया में से फल खा लो। तब तक मैं तुम्हारे बिस्तर के लिए वहां पुआल बिछाता हूं।'

घोड़े के सामने रातब डाल कर आने के बाद उसने फटाफट डलिया में रखे फल चट कर डाले। संन्यासी ने उसे पानी दिया। फिर दोनों बैठ कर बात करने लगे।

संन्यासी ने अपना परिचय दिया, 'मैं अपने अशांत पारिवारिक जीवन से उकताकर इधर आया तो यहां आकर मेरा मन रम गया और मैं यहीं रहकर प्रभु-भजन करने लगा। आसपास के लोग मुझे हर्स्ट प्रदेश का पादरी कहते हैं और वे ही मेरे खाने-पीने का इंतज़ाम कर देते हैं। कभी-कभी कोई क़ाफ़िला इधर से गुज़रता है तो वे थोड़ा बहुत रातब इधर-उधर भी छोड़ जाते हैं। जिसे मैं इकट्ठा करके रख लेता हूं और कभी जब कोई घुड़सवार इधर आ निकलता है तो वही उसके घोड़े के आगे डलवा देता हूं। अब तुम अपनी कहो, क्या नाम है?' और फिर जैसे सहसा उसे कुछ याद आ गया, 'तुम शायद भूखे रह गए होगे, मिठाई खा लोगे?' उसने मिठाई से भरी एक प्लेट उसके सामने रख दी।

काला सवार भूखा तो ज़रूर था, लेकिन अब उसने फल खाने जैसी बेसब्री पर काबू पा लिया था। बोला, 'अकेला तो यह मिठाई मैं नहीं खाऊंगा, दोनो खाएंगे। मंजूर हो तो बोलो?' नानुकर करने के बाद वह मान गया और फिर दोनों मिठाई खाने लगे। मिठाई खाते-खाते वह बोला, 'हां, तुमने नाम नहीं बताया?'

'मेरा नाम', सवार ने हिचकिचाहट सी दिखाई। फिर बोला, 'नाम का क्या, लोग मुझे 'काला सवार' कहते हैं।'

मिठाई खाते-खाते और बतियाते वे दोनों इस कदर घुल-मिल गए गोया

बरसों से परस्पर मित्र हों। तभी किसी ने दरवाज़े पर दस्तक दी—दोनों चौंक पड़े। दंगल के दौरान राजकुमार जॉन ने यहूदी सुंदरी रेबेका को साधारण दर्शक दीर्घा में बैठे देख लिया, तो उसने उसे और उसके पिता यार्क के आईज़क को बुलवा कर एथेलस्टन के विशेष कक्ष में बैठा दिया। एथेलस्टन अखाड़े में उतरकर गिलबर्ट के पक्ष में लड़ रहा था। राजकुमार जॉन जानता था आईज़क इंग्लैण्ड में अनेक सामंतो और अमीरों से ज़्यादा धनवान था।

आइवन हो के नकाब हटाए जाने के बाद सुंदरी रोवेना उसे पहचान कर उससे लिपट गई, तो सीड्रिक उसे अलहदा करके वहां से ले तो गया था, पर अपने पुत्र की शोचनीय अवस्था देखकर भी वह उसे साथ नहीं ले गया। हां उसने अपना विशेष सेवक ओस्वाल्ड दूसरे दो टहलुओं के साथ करके उसकी देखभाल के लिए ज़रूर वहीं छोड़ दिया और सोचा था कि इससे उसे आइवन हो की खोज-खबर बराबर मिलती रह सकेगी। दूसरे दिन मैदान से डेरे-तंबू उखड़ने लगे। सब लोग अपने-अपने स्थान को लौटने लगे।

राजकुमार जॉन अपने लाव-लश्कर सहित रात को ही राजधानी के लिए कूच कर गया था और हकीम लोगों से आइवन हो की परिचर्या का भार रेबेका को मिल गया था, तो यहूदी पिता आईज़क और उसकी पुत्री ने निर्णय लिया कि आइवन हो को वे अपने साथ अपने घर ले जाएंगे और हालत सुधरने तक आइवन हो वहीं रहेगा। काफ़िला चल तो पड़ा, मगर जंगल में उतरते ही ओस्वाल्ड और उसके साथी यह जानकर कि यहूदी आइवन हो को अपने घर ले जा रहा है, उसका साथ छोड़कर भाग खड़े हुए। दरअस्ल उन्हें यह गवारा ही नहीं हुआ कि वे किसी यहूदी के घर में रुककर सेवा टहल करें।

अब वे यहूदी पिता और पुत्री निरुपाय हो गए। उन्हें चिंता सताने लगी कहीं वे तथा बीमार आइवन हो जंगल में डाकुओं के हत्थे चढ़ गए तो उनसे कुछ भी करते नहीं बनेगा। उन्होंने फैसला किया कि यहीं ठहर कर किसी दूसरे क़ाफ़िले के आने का इंतज़ार किया जाए और फिर उसके साथ लगकर ही जंगल पार कर लिया जाएगा।

सीड्रिक अपने दल-बल के साथ दंगल देखने आया था और अब ऐसे वापस लौट रहा था गोया कोई लश्कर युद्ध जीत कर लौट रहा हो। नौकरों-चाकरों के साथ-साथ उसका एक सजातीय योद्धा एथेलस्टीन, जिससे उसने अपनी लड़की

रोवेना की शादी कर देने की सोच रखी थी, भी साथ में था, पर चूंकि वह दंगल में नारमन योद्धा गिलबर्ट के पक्ष में मैदान में उतरा था और काले सवार द्वारा एक ही वार में ढेर कर डाला गया था; वह शर्मसार सा होकर सीड्रिक से नज़र चुराता सा क़ाफ़िले में आगे-आगे चल रहा था। रोवेना क़ाफ़िले के बीच में पालकी में चल रही थी और उसके साथ ही घोड़ा लिए सशस्त्र रक्षकों की पंक्ति से घिरा सीड्रिक चल रहा था। सीड्रिक के क़ाफ़िले ने जंगल में प्रवेश किया। यहूदी ने क़ाफ़िला आता देखा तो वह दौड़कर पहुंचा। उसको दौड़कर आता देखा एथेलस्टन ने। उसने घोड़ा रोककर पूछा, 'क्या बात है?'

यहूदी ने एथेलस्टन को पहचान लिया। उसे याद आ गया, राजकुमार जॉन ने इसी का कक्ष उसे दिलाया था। वह बड़ी ही आज़िजी से एथेलस्टन से बोला, 'श्रीमान् मेरे साथ दो पालकियों में मेरी लड़की और मेरा बीमार रिश्तेदार है। हमारे साथ दस बारह नौकर तो हैं, पर हथियारबंद रक्षक कोई नहीं है। जंगल में चोर डाकुओं का ख़तरा है। अगर आप कृपा कर हमें भी अपने क़ाफ़ले में चलने की इज़ाज़त दे दें तो हम भी सुरक्षित अपने डेरे पर पहुंच जाएंगे।'

एथेलस्टन ने अस्वीकार कर दिया, 'नहीं, तुम यहूदी हो। तुम पर डाकुओं की विशेष नज़र रहती है। तुम्हारे कारण हमारे लिए भी खतरा बढ़ जाएगा। चलो रास्ते से हटो।' और वह आगे बढ़ गया। उसे शायद उस समय का वह मलाल याद आ गया था, जब राजकुमार ने उसके लिए वह तंबू उससे ज़बरन खाली करा लिया था।

रेबेका ने दूर से ही अपने पिता को तिरस्कृत होते देख लिया था। उसने अपने पालकी ढोने वाले कहार से अपनी पालकी रोवेना की पालकी के निकट लगा देने को कहा और फिर उसने पूर्वीय देशों में रानी महारानियों से बात करने के अंदाज़ में, रोवेना के कपड़े को पकड़कर उसे चूमते हुए अर्ज़ किया, 'मुझे अपने या अपने बूढ़े बाप के लिए चिंता नहीं है, पर मुझे एक बहादुर सर्वप्रिय और मैं कसम खाकर कह सकती हूं, जो आपको भी उतना ही प्रिय सिद्ध होगा, बीमार आदमी को सुरक्षित ले जाने के लिए आपका संरक्षण चाहिए। और निश्चित समझिए कि प्रभु न करे उसका, कुछ भी अनिष्ट हो गया तो जीवन के अंतिम क्षण तक आप मेरी प्रार्थना नामंजूर करने के लिए रोती-कलपती रहेंगी।' रेबेका ने जिस भावना से याचना की थी वह बेअसर नहीं गई और रोवेना ने सीड्रिक से

दंगल के प्रबंधकों की ओर से आइवन हो की देखरेख में शाही हकीमा

उन्हें क़ाफ़ले में शामिल होकर चलने की इजाज़त ले दी। उसे वस्तुतः यह पता ही नहीं था कि इस प्रकार उसने उस आदमी की पालकी अपनी पालकी के साथ लगाने की आज्ञा दिलाई है जिसे, अभी दो दिन पहले ही, उसके पिता ने उसके आलिंगन से खींचकर अलग कर दिया था। इसे कहते हैं ईश्वरीय लीला-देखिए न सीड्रिक भी जान नहीं पाया कि रोवेना को चाहने की सज़ा के ऐवज़ में उसके जिस पुत्र को स्वयं उसी ने त्याग कर देशबदर कर दिया था, आज उसने ही उसे उसके नज़दीक ला दिया है।

लेकिन यह सौभाग्य बस थोड़ी देर ही रहा। अचानक एक संकरे से रास्ते पर हथियार बंद टुकड़ी ने आकर उन्हें चारों ओर से घेर लिया। वे लोग डाकू नहीं थे, बल्कि दंगल में हिस्सा लेकर लौटने वाले नारमन थे और उनका नेतृत्व, राजा रिचर्ड के विरुद्ध षड्यंत्र रचने में राजकुमार जॉन का प्रमुख और विश्वस्त सलाहकार, दे ब्रेसी कर रहा था।

सीड्रिक के क़ाफ़ले में यद्यपि सशस्त्र रक्षकों की संख्या कम नहीं थी, लेकिन किसी एक ने भी आक्रमणकारी नारमनों का मुकाबला करने की कोशिश ही नहीं की। मुकाबला होता भी कैसे, किसी ने उन्हें वैसा करने का कोई आदेश ही नहीं दिया था। आदेश देता भी कौन? घेराव होते ही सीड्रिक सबसे पहले रोवेना और रेबेका की पालकियों की हिफ़ाजत के लिए चला आया और एथेलस्टन समझा कि यह हमला केवल यहूदी आईज़क को लूटने के लिए हुआ है।

शीघ्र ही सब क़ाफ़ले वालों ने हमलावरों की पंक्ति में एश्बी के दंगल में पराजित हुए सूरमा गिलबर्ट को भी पहचान लिया, पर उसने एथेलस्टन को देख लेने के बाद भी ऐसा भाव नहीं दिखाया कि वह उसे जानता है; जब कि एथेलस्टन एश्बी के दंगल में उसी की ओर से लड़ चुका था; गिलबर्ट इस अभियान में यहूदी की पुत्री रेबेका को पाने के लोभ में शामिल हुआ था; क्योंकि दंगल के दौरान उसने उसे कई मोहक अदाओं में देख लिया था।

जब ये लोग नारमनों द्वारा पशुओं के रेवड़ की भांति हांक कर ले जाए जा रहे थे; तब वाम्बा और गर्थ ने उन्हें दूर से ही ताड़ लिया, क्योंकि वे न जाने कब से क़ाफ़ले के पीछे-पीछे एक दूरी बनाकर चले आ रहे थे। क्योंकि आइवन हो की टहल छोड़कर भाग निकलने के बाद उन्हें होश आया था कि अपनी इस करतूत को वे सीड्रिक के सामने कैसे उचित ठहरा सकेंगे; जिसने उन्हें आइवन

हो की देखरेख का ज़िम्मा दिया था। इसलिए अफ़सोस से घिरकर वे लौट ही रहे थे कि उन्होंने देखा यहूदी और उसकी पुत्री तथा आइवन हो की पालकियां उठाए कहार रोवेना की पालकी के साथ-साथ चल रहे हैं तो उनका दुःख और भी हल्का हो गया था। तभी यह सारा काण्ड हो गया।

वाम्बा बोला-'हमें इनके पीछे-पीछे चलते रहकर यह पता लगाना चाहिए कि ये लोग इन्हें ले कहां जाएंगे। एक बार अगर इनका बेस कैम्प ज्ञात हो जाए तो फिर इन लोगों के छुटकारे का भी कोई न कोई रास्ता निकाल ही लिया जाएगा।

चलते-चलते उन्हें यह अनुमान हो गया कि सीड्रिक के क़ाफ़िले को क़ैद करके तारक्विलस्टोन के क़िले की ओर ले जाया जा रहा है; जो, उन्होंने सुन रखा था, अक्सर बैरन, फ्रंट दे ब्यूफ़ अथवा उसके साथियों द्वारा अपने दुश्मनों से बदला लेने; अथवा धन वसूलने के लिए बलात् पकड़ कर लाए गए लोगों को रखने; या अन्य आपराधिक गतिविधियों को सम्पन्न करने के काम में लाया जाता रहा है। हमलावरों का ठिकाना जान लेने के बाद वे सोचने लगे कि अब इन पकड़े जा चुके लोगों की मुक्ति के लिए क्या जुगत भिड़ाई जाए। अगर रोदरवुड से कुमुक लाई जाए तो संभव है कि तब तक ये लोग इन्हें मार डालें! तभी देखा गया कि कुछ घुड़सवार दौड़ते हुए उसी तरफ़ आ रहे हैं, वे भागकर झाड़ी की ओट में हो गए कि ये भी डाकू ही न हों, क्योंकि उनका लिबास भी अपहर्ताओं की तरह का ही था। जब घुड़सवार और करीब आए तो उन्होंने आगे-आगे घोड़ा दौड़ाकर आते घुड़सवार को पहचाना, वह लोकस्ले था। वह उनका जाना-पहचाना तीरंदाज़ था, जिसने अपने कमाल को एश्बी के दंगल में दिखाया भी था। उसके संबध में यह भी प्रसिद्धि थी कि वह स्वभाव से दयालु और परोपकारी पुरुष है। साहस करके वे झाड़ियों से बाहर आकर खड़े हो गए। घुड़सवारों ने उन्हें वहां खड़े देखा तो वे भी वहां आकर खड़े हो गए। लोकस्ले ने ही उनसे पूछा, 'कौन हो, क्या बात है?' उन्होंने अपना दुखड़ा सुना दिया। पहले तो लोकस्ले को यक़ीन नहीं हुआ, फिर उसने वहीं ठहर कर अपने साथियों को उसकी पुष्टि के लिए तारक्विलस्टोन की ओर भेज दिया, जिन्होंने आकर बताया कि बात सच है। कुछ लोग एक क़ाफ़िले को हांक कर जल्दी-जल्दी क़िले की तरफ़ ले जा रहे हैं।

घुड़सवार गंभीर हो गया। फिर उसने अपने आदमियों को आवश्यक निर्देश

देकर कहीं भेज दिया; और वाम्बा और गर्थ को लिए-लिए हमारी परिचित झौंपड़ी की तरफ़ चला आया, जहां संन्यासी और काला सवार मौजूद थे। उन्होंने बेखटके दरवाज़ा खटखटाया। भीतर काले सवार को पाकर लोकस्ले चौंक गया और जैसे ही हाथ तलवार की मूठ के लिए बढ़ाया, यह देख संन्यासी चिल्लाया, 'शत्रु नहीं मित्र है!'

लोकस्ले दरअस्ल रॉबिनहुड था और संन्यासी उसका विश्वस्त पुरुष था जो उसके द्वारा लूट कर लाए गए धन को संजो कर रखा करता था। वह केवल गरीबों को तंग करने वाले ज़ालिम ज़मींदारों अथवा सूदखोर ज़ालिमों को ही लूटा करता था और लूटे हुए धन को ज़रूरतमंदों में पता करके बांट दिया करता था। दुर्जन उसके नाम से सिट्टी-पिट्टी खो बैठते थे और सज्जन उसका सम्मान करते थे।

अब झौंपड़ी में चहल-पहल हो गई। लोकस्ले के दूसरे सभी साथी भी लौट आए थे। थोड़ी देर बाद उसने अपने दल के सदस्यों को सीड्रिक के क़ाफ़ले को क़िले से आज़ाद कराने की बात रखी। काला सवार भी बोल पड़ा, 'इस अभियान में कृपया मुझे भी साथ रख लीजिएगा।' लोकस्ले ने मंजूरी दे दी।

उधर गिलबर्ट और ब्यूफ़ दोनों यह जानते थे कि सीड्रिक के लोगों को जब इस अपहरण का पता चलेगा तो वे यथाशीघ्र दौड़े चले आएंगे; इसलिए वे जल्द से जल्द क़िले में दाखिल हो जाना चाहते थे; क्योंकि इस क़िले पर चढ़ाई करना उनके लिए टेढ़ी खीर रहेगा।

यह क़िला प्राचीन होने के साथ-साथ सामरिक दृष्टि से बहुत मजबूत रहा आया है। रिहाईश के लिए बड़े-बड़े और बहुत सारे भवन, लंबा-चौड़ा शस्त्रागार और समृद्ध खाद्य भंडारण के मामले में इसकी विशेषताएं रहती आई हैं। मजबूत शत्रु द्वारा घेरा डाल लिए जाने पर बच निकलने के लिए गुप्त सुरंगें भी इसमें हैं और दुश्मन से बचाव के लिए क़िले के चारों ओर गहरी-गहरी खाईयां भी मौजूद हैं। क़िले में ले जाकर सारे कैदियों को अलग-अलग कमरों में बंद कर डाला गया था। रोवेना को सबसे अलग कहां किस मंज़िल पर बंद किया गया था यह अपहर्ताओं में से कईयों को पता नहीं रहा। यहूदी की बेटी रेबेका को ऊपर की मंज़िल में बंद किया गया और उसी कक्ष में उस बीमार नौजवान की व्यवस्था भी कर डाली गई, जिसे रेबेका अपने साथ ले आई थी। सीड्रिक और

सीड्रिक और एथेलस्टन

एथेलस्टन को एक साथ रखा गया था, लेकिन आईज़क को अकेले एक कमरे में बंद करके रखा गया था। सीड्रिक के सिपाहियों और नौकरों को भी एक बड़े कमरे में डाला गया था।

क़ैदियों में जिसे उत्पीड़न के लिए सबसे पहले स्थान पर समझा गया वह बदनसीब यार्क का बूढ़ा यहूदी आईज़क ही रहा, जिससे सौदेबाजी करने खुद फ्रंट दे ब्यूफ़ उसकी कोठरी में आया। दो सिपाहियों के हाथों में मशाल थीं और कईयों के हाथों में मोटी-मोटी लकड़ियां थीं। वे सभी लोग तलवार पकड़े हुए थे। आईज़क बूढ़ा ज़रूर था और डरपोक होते हुए भी आज वह अपनी मौत से बे-परवाह नज़र आया। ब्यूफ़ को कमरे में देखकर भी उसने कोई तवज्जो नहीं दी। ब्यूफ़ ने सिपाहियों को इशारा कर कमरे में आग जलवाई और लपटों की रोशनी में आईज़क को डांटना-फटकारना शुरू किया- 'नारकीय जाति के बदनसीब कुत्ते', ब्यूफ़ बिना भूमिका के बोला-'यार्क में अपने रिश्तेदारों को खत लिखकर दे कि पत्रवाहक के साथ एक हजार रजत मुद्राएं भिजवा दें अन्यथा तू इस काल कोठरी में ही घुट-घुटकर मर जाएगा। चल जल्दी कर!'

'कसम अब्राहम की', यहूदी बोला, 'मेरे रिश्तेदार तो क्या मेरा घर और यार्क की सीमा में रह रहे मेरे सारे जातीय बंधु मिलकर भी मेरी फिरौती के रूप में एक हजार चांदी की मुद्राएं देंगे कहां से?'

'मुझे ज़्यादा बोलना पसंद नहीं है', फ्रंट द ब्यूफ़ कुटिलता से बोला, 'अगर चांदी के नहीं हों तो मुझे सोने की मुद्राओं से भी गुरेज नहीं है। तुम लोगों के पास बहुत पैसा रहता है। चल लिख, चिट्ठी लिख दे।'

'सरदारों के सरदार, मुझ पर रहम खाओ, मैं सचमुच ही गरीब बूढ़ा हूं।', बूढ़ा गिड़गिड़ाया।

'हां, बूढ़ा तो तू है', ब्यूफ़ बोला, 'लेकिन यहां तुझे मुफ्त की मेहमान नवाजी के लिए नहीं लाया गया है, हरजाना तो तुझे भरना ही होगा। तू गरीब नहीं है।'

'अपनी सौगंध, मैं सचमुच असहाय हूं, सरदार।'

'खाल में रह बूढ़े', नारमन सरदार बोला, 'यह तहखाना तेरी कब्र बन जाएगा, कुत्ते की तरह ख्वार करके जान ली जाएगी तेरी और कोई जान नहीं सकेगा। तुझसे हजार गुना खास लोग यहां कैद रहे हैं और ऐड़ियां रगड़-रगड़ कर मर गए। तू तो दुःख झेल ही नहीं पाएगा-समझा।' फिर सरदार ब्यूफ़ सिपाहियों से

बोला, 'इसके लोहे के पलंग के नीचे आग सिलगाओ।' थोड़ी देर बाद फिर यहूदी को धमकाया, 'सोच ले, हजार मोहरें देगा या झुलसते हुए अपने प्राण तजेगा? बोल कौन सा सौदा सच्चा रहेगा यहूदी कुत्ते?'

'कोई सौदा नहीं।'

'तो इसे चारपाई पर कसकर बांध दो।'

यहूदी टूट गया और आजिज़ी से बोला, 'ठीक है तुम्हें रकम मिल जाएगी, लेकिन मेरी बेटी रेबेका को यार्क पहुंचाना होगा!'

'लड़की? रेबेका?' ब्यूफ़ बोला, 'उसे तो गिलबर्ट अपनी रखैल बनाएगा!'

यहूदी रो पड़ा। बोला, 'जो चाहो ले लेना, दस गुना ज़्यादा दे दूंगा, पर मुझे बे-आबरू होकर यह सब न देखना पड़े! मैं तुम्हारी मुंह मांगी रकम गिन दूंगा। सच मानो मैं अपनी सारी सम्पत्ति तुम्हें सौंप कर भी अपनी लड़की की प्रतिष्ठा बचा लेना चाहूंगा। उसे यार्क भिजवा दो और मेरी सारी दौलत तुम्हारी, चाहो तो मेरी जान भी ले लो...।' ब्यूफ़ चकित होकर बोला, 'सारी सम्पत्ति देने को तैयार हो? आश्चर्य है! मैंने तो सुना है कि तुम लोग सिवाय धन जोड़ने के किसी दूसरी चीज़ को कोई तरजीह नहीं देते हो। तुम कैसे यहूदी हो, तुम्हें अपनी बेटी की बेहुरमती की इतनी चिंता क्यों सताने लगी?'

'दुष्ट लुटेरे!' यहूदी ने दुत्कार लगाई, 'अच्छी तरह समझ ले, अगर मेरी बेटी के आंचल पर किसी हरामी का साया भी पड़ा तो हम जान दे देंगे और तेरे हाथ कुछ नहीं लगेगा।'

'इसे बांध दो।' ब्यूफ़ ने सिपाहियों को आदेश दिया, 'बिना रक़म लिए इसे मरने नहीं देना है।'

तभी बाहर से तुरही बजने की आवाज़ आई और वे लोग यहूदी को बांधना भूल द्वार की ओर दौड़े। ब्यूफ़ चिल्लाया, 'चलो हथियार संभालो, लगता है क़िले पर हमला होने वाला है। ब्यूफ़ जब यहूदी को तांसने तहखाने में आया था, तभी दे ब्रेसी कहीं दूसरी जगह रोवेना से प्रेम निवेदन करने पहुंच गया था। दे ब्रेसी राजकुमार जॉन का प्रमुख पक्षधर योद्धा था, जिसने राजकुमार जॉन को राजा रिचर्ड की गद्दी हथियाने की साजिश में योग दिया; जिससे बचने के लिए ही राजा रिचर्ड जरूसलेम में लड़ाई खत्म हो जाने के बाद भी, इंग्लैण्ड की फौजों के साथ वतन वापस नहीं लौट सका है।

'सम्मान्य सदरार,' रोवेना अत्यन्त शालीनतापूर्वक बोली, 'मैं आपसे परिचित तो नहीं हूं, पर आपका एक बेसहारा महिला के कमरे में यूं घुस आना शोभनीय कतई नहीं है।'

'दे ब्रेसी की ख्याति से वे सब परिचित हैं, जिन्हें जानना दे ब्रेसी के लिए भी मुमकिन नहीं रहा है और सूरमाई का ज़िक्र बिना दे ब्रेसी का नाम लिए अपूर्ण रहता है।'

'लेकिन उनमें क्या किसी प्रकार आपका आज का यह अभियान भी सम्मिलित हो पाएगा? कुछ कमज़ोर और असहाय लोगों को उनकी इच्छा के विरुद्ध इस प्रकार पकड़कर ले आना सूरमाई कहलाएगी या डकैती?' रोवेना ने तिरस्कृत टोन में पूछा।

'तुम भूल रही हो,' उखड़ गए सूरमा ने कहा, 'तुम्हें अपने रूप के दीवानों को डाकुओं की श्रेणी में कदापि नहीं रखना चाहिए।'

'यह भाषा सूरमाओं और सरदारों की तो कतई नहीं है।'

'घमंडी कन्या', थोड़ा सी नरमी अपनाते हुए ब्रेसी बोला, 'तुममें यह जो अकड़ है, यही मुझे तुम्हारी ओर खींच रही है। तुम मेरी पत्नी पद के लिए एकदम सही हो, इसके अतिरिक्त अन्य किसी उपाय से तुम सम्मान्या बन ही नहीं सकती?'

'सम्मान्य सरदार', रोवेना बोली, 'मैं तो जब पालने में थी तभी भाग्यदेवी ने मेरे लिए एक राजकुमार निश्चित कर दिया था, मैं उसी के लिए बड़ी हुई!'

दे ब्रेसी को उसका संकेत समझते कुछ क्षण की ही देर लगी, उसने उसे यक़ीन दिलाते हुए बताया कि 'आइवन हो' का वह बिल्फ्रेड उसे कभी नहीं पा सकेगा। उसने स्पष्ट कर दिया, 'मेरा वह रक़ीब अब मेरे क़ब्ज़े में है!'

'विल्फ्रेड, यहां है! क़िले में?' रोवेना ने जिज्ञासा दिखाई। दे ब्रेसी ठठाकर हंसा। न केवल विल्फ्रेड ही क़िले में था बल्कि अब सिर्फ उसके मेज़बान फ्रंट दे ब्यूफ़ के सामने उसकी शिनाख़्त ज़ाहिर होने भर की देर है, फिर तो वह सूरमा जिसे आइवन हो के कारण एश्बी के दंगल में अपनी ख्याति से हाथ धोना पड़ा, उसे ठिकाने लगा ही देगा। वह बोला, 'बस परदा उठते ही...!'

'उसे बचाईए, ईश्वर के लिए विल्फ्रेड को बचाईए।' रोवेना गिड़गिड़ाने लगी।

'हां मैं बचा सकता हूं, बचा दूंगा-अगर तुम मुझसे ब्याह रचा लो, रचाओगी, बोलो?'

और यही सब कुछ रेबेका के समक्ष उसके कमरे में हुआ था लेकिन कुछ दूसरे ढंग से। रेबेका पर निगाह रखने के लिए जो स्त्री हैग यूलरिका तैनात की गई थी, उसकी अपनी कहानी भी ऐसे ही शुरू हुई थी। उसका पिता सीड्रिक का भी दोस्त था और सैक्सन भी था तथा कभी इसी क़िले में रक्षकों का कमाण्डर था। जिसके मरने के बाद उसे भी यहां नारमन सरदार ने रखैल बनाकर रखा हुआ था। उसे अंदेशा हुआ कि अगर रेबेका क़िले में रख ली गई तो उसका ही अदल मानना पड़ेगा, इसलिए उसने रेबेका का मन उखाड़ना शुरू किया, 'बचने का अब बस एक ही रास्ता बचा है-मौत' और हैग हंसने लगती, लेकिन उसकी हंसी से रेबेका तो सूख जाती।

हैग गई तो रेबेका ने राहत महसूस की, पर फौरन ही सीढ़ियों पर किसी के पैरों की आहट सुनाई दी। रेबेका कांप गई और एक आदमी को कमरे में दाखिल होता देखकर डर से पीली सी पड़कर बोली,'मेरे ये सारे जेवर ले लो और भगवान के नाम पर मुझ पर और मेरे बूढ़े पिता पर जुल्म मत ढाएं।' उसने अपनी दो क़ीमती चूड़ियां और हार उतारा और उसकी तरफ़ बढ़ा दिया।

'ओ फिलस्तीनी सौंदर्य की देवी,' आगंतुक बोला, 'यह हीरे तुम्हारी मोतियों सी दंतपंक्ति की छटा पर और ये चमकीले रत्न तुम्हारी आंखों की चमक के मुकाबले में कुछ भी नहीं हैं; मैं सुंदरता के सामने धन को तुच्छ समझता हूं।'

'कोई डाकू धन के प्रति कभी ऐसी बेरुखी नहीं दिखाता', रेबेका चकित हो बोली, 'तुम क्या डाकू नहीं हो?'

'नहीं रानी, मैं डाकू नहीं हूं,' अपनी नकाब उतारते हुए गिलबर्ट बोला, 'मैं हूं तुम्हारे रूप का लोभी टेम्पलर ब्रॉयन दे बुई गिलबर्ट! जब से मैंने तुम्हे एश्बी के दंगल में देखा, तब से ही तुम्हें पाने की हसरत है।'

'तुम्हारी यह हसरत पूरी कैसे होगी?' चकित और भयभीत रेबेका ने बताया, 'मैं हूं यहूदी। हमारा-तुम्हारा परिणय तुम्हारे चर्च और हमारे सिनेगॉग को मंजूर नहीं होगा।'

'हां है तो कुछ ऐसा ही;' धर्मसेवक खिलखिलाकर हंसा, 'मैं शादी कर ही नहीं सकता; धर्म सेवकाई के प्रारंभ में लिया मेरा संकल्प-मैं कभी किसी महिला

के प्रेम में नहीं पड़ूंगा, झूठा जो पड़ जाएगा? लेकिन तुम तो मेरे बाहुबल से उड़ाई गई बंदिनी हो, तुम्हारा उपभोग दुनियावी कानूनों द्वारा संगत ठहरेगा, तुम होगी मेरी रखैल। क्यों?'

'पीछे हट...' रेबेका शेरनी सी दहाड़ी, 'दुष्ट मैं धर्म रक्षक की आड़ में छिपे तेरे पाखंड को सब को बताऊंगी। तू अपने इस क्रॉस को जो तूने पहना है और अपनी धर्म सेवकाई को कलंकित करता है। मैं थूकती हूं तेरे जन्म पर...।'

'कितना भी चीख ले यहूदी कुतिया,' गिलबर्ट उसे डांटता हुआ बोला, 'तेरी आवाज़ इस क़िले से बाहर नहीं पहुंचेगी, यह लोहे का बना है; अब मेरे पंजे से तू बचेगी नहीं।'

'हरामी पिल्ले, तुझ पर खुदा का क़हर टूटेगा। अब्राहम की इस पवित्र पुत्री को बुरी निगाह से ताकने वाले, तेरे दीदे फूटेंगे। तू कुत्ते की मौत मरेगा, ज़लील!' और उसने झटाक से खिड़की का पल्ला खोल डाला और उसमें से बाहर कूदने को तैयार हो गई, 'भाग जा दुराचारी, नहीं तो मैं अभी यहां से छलांग लगा दूंगी।'

गिलबर्ट ने आज तक कभी शर्मिन्दगी नहीं जानी थी। अब खिसियाई आवाज़ में रिरियाया, 'अच्छा, अच्छा, नीचे उतर आ, मैं तेरी हसरत से बाज आया, तू जान मत दे।' गिलबर्ट कमरे से बाहर निकल आया। तब तक तुरही की आवाज़ नहीं गूंजी थी।

हर्स्ट प्रदेश के संन्यासी को वाम्बा और उसके दल ने दूत बनाकर क़िले में भेजा। फ्रंट दे ब्यूफ़ ने पत्र प्राप्त कर संकटकालीन बैठक बुलाई। पत्र में क़ैदियों की रिहाई मांगी गई थी और कहा गया था कि 'रिहाई न होने पर, क़िले की ईंट से ईंट बजा दी जाएगी। हमारे साथी, अपने दल-बल सहित रॉबिनहुड और काला सवार उत्तर की प्रतीक्षा में क़िले के बाहर रुके हुए हैं। उत्तर न पाकर क़िला ध्वस्त कर डाला जाएगा।'

ब्यूफ़ को यह जानकर, कि क़िले को लगभग दो सो आदमियों ने घेर लिया है, क़िले की रक्षा की चिंता सताने लगी। गिलबर्ट की सलाह मानकर यार्क और दूसरे स्थानों से सहायता मंगाने की बात तय हुई, लेकिन उनके पास कोई ऐसा विश्वस्त और जांबाज नहीं था, जिसे क़िले के बाहर भेजा जा सके। तब उन्होंने राय बनाई क्यों न घिराव करने वालों से ही चालाकी बरत कर यह काम निकाला जाए? उनसे क़ैदियों को पाप-मुक्ति देने के लिए किसी पादरी को क़िले

में भेजने के लिए कहा जाए, क्योंकि कल सारे क़ैदियों को मौत के घाट उतार दिया जाने वाला है। और घेराव करने वालों ने जो पादरी भेजा वह सीड्रिक का विदूषक वाम्बा था, जिसने हर्स्ट से लैटिन के दो चार शब्द सीखकर गाहे-बगाहे उनकी बौछार करते हुए क़िले के रक्षकों और अपहर्ताओं पर अपने को असली पादरी ही साबित कर दिया था।

पादरी के वेश में वाम्बा जब सीड्रिक के कक्ष में भीतर भेजा गया, सीड्रिक पहले तो यही समझा कि अब निश्चय ही उसे मार दिया जाने वाला होगा जो उसके पहले पादरी भिजवाया गया है। लेकिन वाम्बा ने बिना समय खोए अपने स्वामी पर अपना भेद खोल दिया कि वह वाम्बा है और कहा कि वह उसके कपड़े पहनकर पादरी के वेश में ही क़िले से बाहर निकल जाए; जहां गर्थ, काला सवार और रॉबिनहुड अपने दल-बल के साथ क़िले पर निगाह जमाए बैठे हैं! ना-नुकर के बाद सीड्रिक ने वेश बदल लिया और जब वह वापस लौटने के लिए चला तो फ्रंट दे ब्यूफ़ तक को उसके पादरी होने में कोई संदेह नहीं हुआ और उसने उसके सामने प्रस्ताव रखा कि वह क़िले के पीछे वाले रास्ते से बाहर निकले और फिर उसने उसे अपने नारमन हितैषियों के पास जाने और क़िले की रक्षा के लिए उन्हें भिजवाने का काम सौंपते हुए कहा-

'अगर तुमने मेरा संदेश नारमनों तक पहुंचा दिया तो तुम्हें यहां क़ैद सैक्सनों का मांस शेफील्ड के बूचड़खाने की तरह ढ़ेर लगा दिखेगा।' और जब जुदा होने का क्षण आया तो सरदार ब्यूफ़ ने सीड्रिक के अनिच्छुक हाथ में सोने की मुहर थमाते हुए चेतावनी भी दे डाली-

'याद रखना मेरे इस काम में तुमने अगर ज़रा सी भी कोताही की तो तुम्हारी इस पोशाक के नीचे तुम्हारी चमड़ी नहीं बचेगी।'

'बेफ़िक्र रहो, मैं तुम्हारे काम को ज़रूर अंजाम दूंगा', पादरी वेशधारी सीड्रिक बोला, 'जब दोबारा हमारी भेंट होगी, तुम्हारा हाथ मुझ पर नहीं उठेगा।'

क़िले की ओर पीठ करते ही सीड्रिक ने तेज़ चाल अख़्तियार करते हुए सोने की मुहर देने वाले की ओर फैंकते हुए कहा, 'हरामी नारमन, तेरी यह मुहर भी तेरे ही साथ जहन्नुम में पहुंचेगी।'

फ्रंट दे ब्यूफ़ ने सुना तो सही पर समझा नहीं, 'तीरंदाज' वहां तैनात रक्षकों में से एक को पुकार कर वह बोला, 'उस पर निशाना साधो!' लेकिन फिर ठहर

कर बोला, 'रहने दो, हमारे पास उस पर यक़ीन करने के अलावा कोई चारा भी तो नहीं रह गया है, मुझे यक़ीन है वह हमारा काम करेगा ही।'

सरदार ने शराब का एक बड़ा सा घूंट लिया और वह क़ैदियों की खोज-खबर लेने चल पड़ा। पता लगा एक क़ैदी ग़ायब है! उसने देखा सीड्रिक के स्थान पर उसका विदूषक वाम्बा कमरे में है!

वह दरवाज़ा खोलकर कमरे में धंस पड़ा और उसका गिरेबान पकड़ कर धक्का दिया-'नरक के कीड़े!' फ्रंट दे ब्यूफ़ दहाड़ा, 'और अब तू देख तुझे आखिरी प्रवचन मैं ही दूंगा', और सिपाहियों को आदेश दिया, 'उतार दो इसका सिर और क़िले की बुर्जी पर ले जाकर टांग दो। इसका काम भ़ड़ैती करना है, वहीं से उनका दिल खुश करता रहेगा।'

'अगर तुम मुझे मार भी डालोगे तो क्या', वाम्बा ठठाकर हंसा, 'तुम मुझे साधारण पादरी से बड़ा पद दे दोगे। मेरा जीवन सफल हो जाएगा।'

'बेचारा!' दे ब्रेसी ने मुंह बिचकाकर कहा, 'अपने जीवन को सफल बनाने की आशा में यहां इस चूहेदानी में आ फंसा', और फिर वह फ्रंट दे ब्यूफ़ से बोला, 'तुम इसके नापाक खून को अपने सिर पर मत लो, इसे क़ैदियों के मनोरंजन करने के लिए खुला ही रखो! आखिरी दम तक इसे इसका ख़ानदानी काम ही करने दिया जाए!'

लेकिन आगे के घटनाक्रम से उनका यह मंसूबा भी पूरा नहीं हो सका!

युद्ध शुरू हो चुका था। तारक्विलस्टोन क़िले के बाहर मारा-मारी शुरू हो जाने से क़िले में भी गहमा-गहमी मच गई। रेबेका खिड़की से बाहर झांकने लगी। कमरे में बीमार पड़े आइवन हो को चेत हुआ। उसे पता नहीं था कि बाहर दूसरों द्वारा खेला जाने वाला खेल उसकी मृत्यु या स्वतंत्रता के लिए ही है।

'क्या देख रही हो, रेबेका?' उसने पूछा।

'कुछ नहीं, तीरों की घनी बौछार की चकाचौंध में कुछ पता नहीं चल रहा कि कौन किस पर लक्ष्य करके तीर फेंक रहा है। कहीं यह हमारी आज़ादी के लिए ही हो रही जंग का हिस्सा तो नहीं है, मैं यही देख रही हूं...लेकिन?'

'हो सकता है, लेकिन क्या तुम्हें कोई झंडा दिखाई दे रहा है? हमलावरों का कोई न कोई निशान तो होगा?' आइवन हो बोला।

'मुझे तो दिखाई नहीं दे रहा है।'

‘कोई गिरा? मेरा मतलब है कौन पक्ष कमज़ोर पड़ा, हमलावर या क़िले वाले?’

‘अभी तक तो कुछ पता नहीं लग रहा है! हां, वे पीछे नहीं हट रहे हैं! अब मुझे दीखे हैं; वह अब क़िले की सीमा में धंस गए हैं। उन्होंने क़िले की दीवार तोड़ डाली है। वे फुर्ती से भीतर आए हैं... अरे, वे सब बाहर खदेड़ डाले गए हैं! क़िले के रक्षकों की कमान ब्यूफ़ के हाथ में है। वही इधर से उधर दौड़-भाग कर अपने सिपाहियों को उत्साहित कर रहा है। वे फिर बड़ी संख्या में दाख़िल हो गए हैं। हे याक़ूब के भगवान! दोनों पक्षों में बड़े ज़ोर की भिड़ंत हो रही है। हमलावर जी जान से अड़े हुए हैं... रक्षक अपने स्थानों पर डॅटे हुए हैं!’

अचानक वह ज़ोर से चीख पड़ी।

‘वह गिरा! वह गिर गया!’

‘कौन गिरा?’ आइविन हो ने बेचैन से पूछा, ‘मेहरबानी करके कुछ मुझे भी तो बताओ?’

‘काला सवार!’ रेबेका दुःखी होकर बोली, ‘उसका भाला टूट गया’ फिर अचानक हर्षोद्वेग में भरकर बोली, ‘नहीं, नहीं, अब वह फिर से खड़ा हो गया, उसने शत्रु से कुल्हाड़ी छीन ली और उसे वहीं ढेर कर दिया है। वाह, शाबाश, ब्यूफ़ पर वार पर वार करके उसने उसे बिछा दिया है। भगदड़ मच गई है। जो उसके सामने पड़ता है, उसे ही वह कुल्हाड़ी की धार से पेड़ की भांति काटे डाल रहा है! वे भाग रहे हैं... भाग रहे हैं।’

फ्रंट दे ब्यूफ़ को उसके कमरे में पहुंचा दिया गया। लड़ाई के थम जाने पर दे ब्रेसी वहीं पहुंच गए। पुल की रक्षा पंक्ति दोहरी कर देने का निर्देश देकर गिलबर्ट भी वहीं पहुंच गया। फ्रंट दे ब्यूफ़ की मल्हम पट्टी करा दी गई थी। बाहर मारा-मारी जारी थी। उसे लेटे रहने का निर्देश देकर वे चलने लगे।

‘अभी हम कई घंटे तक लोहा ले सकते हैं। सवेरे तक हो सकता है कहीं से कोई सहायता आ भी पहुंचे, लेकिन इस अवधि में सरदार ब्यूफ़ अपने पितरों के पास पहुंच चुके होंगे... बचेंगे नहीं।’ जाते-जाते गिलबर्ट बोला।

‘हां शैतानों के राज्य में एक बहुत समृद्ध इज़ाफ़ा हो जाएगा।’ दे ब्रेसी बोला।

वे चले गए। ‘फ्रंट दे ब्यूफ़ अभी जीवित है?’ प्राणांतक वेदना झेलते सरदार

ब्यूफ़ के कमरे में धंसते हुए किसी ने ब्यूफ़ के सिरहाने खड़े परिचारकों से पूछा! कोई नहीं बोला।

'कौन?' ब्यूफ़ ने कराहते हुए पूछा।

'मैं, तुम्हारी मौत!'

'यह मत सोचना, मैं तुझसे डर जाऊंगा।'

'अपने ऐमालो की सोचो ब्यूफ़... बाग़ी, लुटेरे, क़ातिल...दोज़ख़ी!'

'मुझे शांति से मरने दो!'

'शांति से तो तुम मर सकते ही नहीं,' वही आवाज़ बोली, 'शांति तो तुझे कब्र में भी नहीं मिलने वाली है, कुत्ते, लंपट!'

'अच्छा तो डाईन हैग तू आई है! बदज़ौक कुतिया!' आश्चर्य और क्रोध में भरे मरणासन्न सरदार ब्यूफ़ ने दहाड़ते हुए फटकार लगाई। यूलकिरा हैग उसकी छोड़ दी गई प्रेमिका थी।

'हां, यह वही है जिसे तूने ज़बरन अपनी रखैल बना कर रखा। पातकी, नरक के कीड़े, हराम के जने, कुत्ते के बीज। मैं तुझे कब्र भी नसीब नहीं होने दूंगी, देखता रह!'

'ठहर जा राक्षसी! ज़रा मुझे खड़ा हो लेने दे, अभी बताता हूं।' कहता हुआ वह उठने लगा, लेकिन फिर उठ नहीं पाया, लुढ़क पड़ा।

'अब तू क्या बता पाएगा। दोज़ख़ी तुझे योद्धा की तरह मरना भी नहीं मिलेगा। कूड़े-कबाड़ की तरह जलेगा। मैंने इस भवन के नीचे रखे सारे विस्फोटों में पलीता लगा दिया है। बस थोड़ी ही देर में देखना...।'

और वह ठठाकर हंसी। बाहर धर्मसेवक लुई गिलबर्ट चिल्ला-चिल्ला कर दे ब्रेसी को सूचित कर रहा था, 'सब कुछ नष्ट होने वाला है, दे ब्रेसी, क़िला जल रहा है, बाहर आ जाओ!'

दे ब्रेसी अपने आदमियों को लेकर क़िले के पिछले द्वार की ओर लपका, लेकिन वहां से भी वे पीछे खदेड़ दिए गए। क़िला सब तरफ़ से घिरा हुआ। दे ब्रेसी निकल भागने की फ़िराक़ में इधर-उधर दौड़ा, लेकिन वह भागकर जाता कहां, सामने नकाबपोश सरदार काला सवार था। लड़ते-लड़ते काले सवार ने उस पर कुल्हाड़ी से वार किया। वह धड़ाम से धरती पर गिरा और काला सवार उसकी छाती पर...

मिरासी बिटल्स का बेटा वाम्बा

'अब बोल, दे ब्रेसी, नमकहराम!' काले सवार ने उसकी छाती पर पांव रखकर, कुल्हाड़ा उसकी ओर तानते हुए कहा, 'हथियार डालता है या नहीं!'

'मैं नमकहराम नहीं हूं, और जीते जी अनजान योद्धा के सामने हथियार भी कैसे डाल दूं?'

'अच्छा, तो मुझे जानना चाहता है, ले...' और काले सवार ने धीमे से अपना नकाब सरकाया और उसे दिखाकर फिर से चेहरा ढ़ांप लिया। दे ब्रेसी ने लेटे-लेटे हाथ जोड़ दिए। काले सवार ने अपना पैर उसकी छाती पर से हटा लिया और उसे खड़ा होने दिया। दे ब्रेसी विनयपूर्वक बोला, 'आइवन हो ऊपर कमरे में क़ैद है, उधर आग पहुंचने ही वाली है, चलिए उसे बचाईए!'

काला सवार दौड़ता हुआ पहुंचा और जलते हुए क़िले में से जख्मी आइवन हो को कंधे पर लादे सुरक्षित लौट आया। सीड्रिक और उसके सैनिक रोवेना को निकाल लाए। आईज़क भी बाहर निकाल ले आया गया, लेकिन रेबेका नहीं मिली। आइवन हो ने बताया कि गिलबर्ट ने उसे अपने सिपाहियों द्वारा पकड़वा कर मंगा लिया था और उसे लेकर कहीं भाग गया होगा या क़िले में ही कहीं जल गया है। उसने तो बड़ी देर तक रेबेका का केवल रुदन ही सुना। आईज़क दहाड़ मारकर मूर्छित हो गया। आग की लपटें शाम तक आसमान छूने लगीं। बुर्ज के बाद बुर्ज ध्वस्त होता चला गया। विजेताओं के चेहरे तक धूल और धुंए से धूमिल हो गए और सबने देखा सैक्सन यूलरिका जलते हुए अंतिम बुर्ज पर हवा में हाथ हिलाती हुई इधर से उधर दौड़ लगा रही थी, जैसे अपने खोए साम्राज्य का पतन देख रही हो। फिर एक भयंकर विस्फोट के बाद क़िला ढह गया और आग की लपटें उसे और उसके ज़ालिम दग़ाबाज प्रेमी को लील गई।

किसी ने भी नहीं देखा, गिलबर्ट और उसके सहयोगी रेबेका को लेकर किस तरह क़िले से भाग गए और जब वह उसे घोड़े की पीठ पर बांधे-बांधे टैम्पल स्टोव मठ में जा उतरा तो वहां मुख्य पादरी उपस्थित नहीं थे; पर सब राक्षकों ने जान लिया कि वह जिस लड़की को वहां मठ में ज़बरन ले आया है, वह यहूदी है।

रात होते-होते यह सारी सूचनाएं पादरी को भी मिल गईं तो उन्होंने गिलबर्ट को बुलाकर पूछा, मगर वह सिवाय इसके कि वह बेक़सूर है, कुछ नहीं बता सका। पादरी गिलबर्ट की सूरमाई और धर्म सेवकाई की उसकी निष्ठा से परिचित

था और उसे यह भी याद आया कि धर्म रक्षकों की टुकड़ी लेकर कमाण्डर के रूप में वह जब जरूसलेम में चल रहे धर्मयुद्ध में भाग लेने गया था तो जाते हुए यहीं ठहरा था। उन्होंने सोचा धर्म के प्रति समर्पित आजीवन अविवाहित रहने का व्रती एक सच्चा टेम्पलर यों ही किसी स्त्री के प्रेम में कैसे फंस सकता है। हो न हो, यह स्त्री कोई ज़ादूगरनी है। उन दिनों यह माना जाता ही था कि यहूदी स्त्रियां जादू-टोना करने में माहिर होती हैं। इसलिए उन्होंने रेबेका को बुलाकर अपना फैसला थोप दिया, 'एक धर्म रक्षक को उसके मक़्सद से डिगाने के ज़ुर्म में तुम्हें सज़ा दी जाएगी।'

रेबेका जान गई थी कि जादूगरी की सज़ा उन दिनों मौत होती थी। इसलिए उसने अपने जुर्म से इनकार किया, लेकिन जब पादरी अपने फैंसले पर अडिग रहा तो उसने कहा, 'फिर आप नियमानुसार मेरे लिए द्वंद्व युद्ध का ऐलान करा दीजिए; अगर द्वंद्व युद्ध में कोई गिलबर्ट को मेरी ओर से आकर हरा दे तो मुझे छोड़वा दीजिएगा। नहीं तो आपकी दी हुई सज़ा से मुझे कतई उज्र नहीं होगा। पादरी सहमत हो गया; उसने ऐलान करा दिया कि तीन दिन की अवधि में अगर कोई गिलबर्ट से द्वंद्व युद्ध करके उसे नहीं हरा सकेगा तो रेबेका को ज़िंदा आग में झौंक दिया जाएगा।

रेबेका को बंदी बना लिया गया। उसने बंदीगृह में बैठकर एक पत्र लिखा और किसी तरह एक रक्षक को कुछ दे-दिलाकर राज़ी किया कि वह उसका पत्र किसी भी तरह यार्क शहर में उसके बताए ठिकाने पर पहुंचवा दे और उसने चिट्ठी में अपना सारा हाल लिखकर यह भी लिख दिया कि अगर यह खबर आइवन हो को बता दी जाए तो वह उसके प्राण बचाने टेम्पलस्टोव ज़रूर पहुंच जाएगा और इस प्रकार मेरी मुक्ति और आइवन हो के दुश्मन का सफ़ाया दोनों काम सिद्ध हो जाएंगे।

रक्षक ने वह चिट्ठी देकर एक गडरिये को भेज दिया। तारक्विलस्टोन के क़िले में हुए युद्ध में सैक्सनों का अवलंब एथेलस्टीन खेत हो गया मान लिया गया। उसे तलवारों के कई ज़ख्म लगे थे, पर उसका शव नहीं मिल सका था। काले सवार को विदा करने से पहले सीड्रिक ने उसे एथेलस्टन के क़िले कोनिंग्सबर्ग में सम्पन्न होने वाले एथेलस्टीन के अंत्येष्टि कार्यक्रम में शामिल होने के लिए निमंत्रित किया, जिसे काले सवार ने स्वीकार कर लिया। काला सवार कार्यक्रम

में पहुंचा तो सबने देखा कि वहां छद्मवेश धरे आइवन हो भी पहुंचा है। काले सवार ने फौरन सीड्रिक से क़िले के युद्ध में दिए अपने योगदान का मुआवजा मांग लिया।

'अपने पुत्र को क्षमा कर दो सीड्रिक, यही मेरा मुआवजा होगा।'

सीड्रिक ने अपने पुत्र को क्षमा करना नामंजूर कर दिया। लाल-पीला होते हुए उसने कहा, 'अपने घर और गौरव के मामले में किसी अनजाने व्यक्ति की राय या दख़्लंदाजी उचित नहीं मानी जा सकती।'

'कोई राय या दख़्लंदाजी केवल तभी तक तो अनुचित है,' काला सवार नरमाई से बोला, 'जब तक तुम मुझे अनजाना और असंबद्ध व्यक्ति मानते रहोगे, क्योंकि अभी-तलक तुम केवल मुझे नकाबपोश काला सवार ही तो जानते आ रहे हो; अब बता दूं मैं रिचर्ड प्लेण्टेजेनेट हूं!' उसने अपनी नकाब उतारकर एक ओर रख दी।

'अंजुई के रिचर्ड!' अचरज से भरकर सीड्रिक कानों को हाथ लगाते हुए दो क़दम पीछे हट गया।

'नहीं, सरदार सीड्रिक!' इंग्लैण्ड का रिचर्ड, जिसने सदा-सर्वदा यही चाहा है कि उसके प्रजाजन परस्पर प्रेम और सद्भाव से रहें, फिर यहां तो मामला पिता-पुत्र का है। पुत्र पिता की आत्मा होता है सीड्रिक। अपने पुत्र को अपनाकर अपने को पूर्ण बनाओ मित्र! और अब यह तुम्हारी ज़रूरत भी तो है। अपने पुत्र आइवन हो विल्फ्रेड को गले लगा लो।'

छद्मवेशधारी सरदार की ओर संकेत करके गद्गद् हुआ सीड्रिक बोल पड़ा, 'और यह रहा विल्फ्रेड!'

'मेरे प्यारे पिता! मेरे पिता!' सीड्रिक के क़दमों में गिरता विल्फ्रेड बोला, 'मुझे क्षमा प्रदान कीजिए पिता।'

'तुम्हें क्षमा मिल गई, बेटा!' उसे ऊपर उठाते हुए सीड्रिक बोला, 'तुम अब जो कहना चाहोगे, मैं जानता हूं। लेकिन रोवेना को जिसकी वह वाग्दत्ता है, अभी उस एथेलस्टन की जुदाई का शोग दो वर्ष तक मनाना होगा, तब तुम्हारे इस नए संबंध पर विचार कर लिया जाएगा।'

तभी वहां कौतुक हुआ। सीड्रिक ने जैसे ही अपनी बात पूरी की, उसी क्षण वह 'मृत' एथेलस्टन साक्षात् वहां आ पहुंचा, एकदम जीवित। और उसने बताया

कि उसे बस तलवारों के घाव लगे थे और किसी ने उसे धोखे से खाई में गिरा दिया था। होश आया तो आप सब लोग वहां से चले जा चुके थे।

'रोवेना बेटी, तुम तो इसे धोखा नहीं दोगी?' एथेलस्टन को सामने पाकर अतिशय प्रसन्न हुए सीड्रिक ने रोवेना से पूछा। उसे अपने सैक्सन संगठन की मजबूती का ख्याल था।

'ठहरो सीड्रिक,' तुरंत उसकी बात काटते हुए एथेलस्टन बोला, 'समझदारी से काम लो सीड्रिक! रोवेना ने कभी मुझे नहीं चाहा। उसने चाहा मेरे प्रिय बंधु विल्फ्रेड को। तुम भी यह जानते हो कि इन दोनों में अतिशय प्रीति रही है। इस प्रीति के कारण ही तुमने बहुत दिन संताप झेला है। अपने बंधु विल्फ्रेड के लिए मैं इस रोवेना पर अपने दावे छोड़ रहा हूं। मेरी ओर से यह पूरी तौर पर वचनमुक्त है। बंधु विल्फ्रेड से मेरी प्रार्थना है कि वे... कहां हो विल्फ्रेड आगे आओ...अरे हमारा विल्फ्रेड कहां उड़नछू हो गया। अभी-अभी तो वह यहीं था। कहां हो बंधु?'

पर विल्फ्रेड वहां हो तो सुने। इतना तो रिचर्ड ने भी देखा कि एक आदमी ने आकर उसे कोई काग़ज़ थमाया था और काग़ज़ खोलकर पढ़ने के पहले ही वह उठ लिया था। मगर कोई नहीं जान पाया कि वह गया कहां?

वह कहां जा रहा था, क्यों जा रहा था? यह केवल उसके घोड़े को ही पता चल सका था। विल्फ्रेड उससे भी इतना ही कह सका-'रेबेका संकट में है, उसे बचाना होगा अन्यथा वह बेचारी जादू-टोने की अपराधिन सिद्ध होकर मार डाली जाएगी। चलो टेम्पलस्टोव।

घोड़े पर सवार विल्फ्रेड को बस केवल एक ही चिंता रह-रहकर सताए जा रही थी, उसका अंतर्मन बार-बार उसे चौंका रहा था-'देर न हो जाए, कहीं देर न हो जाए?'

और इसी आशंका से उसने चिट्ठी तक पढ़ने में समय नहीं गंवाया था। चिट्ठी पढ़ ली होती तो पता चल जाता कि कैसे तारक्विलस्टोन के क़िले के पतन के पहले ही उसने रेबेका को गठरी में बांध कर घोड़े की पीठ पर लादा और भागकर टेम्पलस्टोव के मठ में ठहर गया; जहां रक्षकों ने भांप लिया कि गिलबर्ट किसी लड़की को भगा कर ले आया है और वह लड़की विधर्मी है। जहां गिलबर्ट ने अपने को धर्म सेवकाई के समय लिए गए संकल्प को तोड़ने के अपराध पर

मिलने वाली सज़ा से बचने के लिए रेबेका को जादूगरनी बता कर फंसा दिया और जादूगरनी होने के लिए सज़ा होती है मौत की सज़ा या फिर कोई शख़्स उसकी मदद के लिए आकर द्वंद्व युद्ध लड़े। पर एक यहूदी के लिए कोई ईसाई अपनी जान जोखिम में क्यों डालेगा? आइवन हो उसकी दयालुता का पात्र रहा था और गिलबर्ट को हरा सकने में सक्षम था, इसलिए रेबेका को विश्वास था कि वह ज़रूर पहुंचेगा। टेम्पलस्टोव के मठ के सामने मैदान में भीड़ लगी थी। ढ़ेरो लोग देखने आए थे कि ज़ादूगरनी की प्राणरक्षा हेतु द्वंद्व युद्ध लड़ने को कौन बहादुर आदमी आता है। लेकिन वे सब इंतज़ार करते-करते उकताने लगे थे और उनका वह यक़ीन कि कोई ईसाई किसी यहूदी लड़की के लिए विख्यात सूरमा से युद्ध करेगा, ढुल मुल होने लगा था।

निर्णायकों को तो खैर शुरू से ही इस बात पर यक़ीन था ही नहीं कि कोई आएगा, किंतु रेबेका पूरी तरह आशावान थी कि आइवन हो ज़रूर-ज़रूर खबर पाकर दौड़ा-दौड़ा चला आएगा। और जब निर्णायकों को बैठे-बैठे दो घंटे हो चुके तो आइवन हो घोड़ा दौड़ाता हुआ वहां आ पहुंचा। लोग हैरत से उसे देखने लगे और बहुत से तो निराश भी हुए कि अब जिस खेल की उम्मीद में वे आए थे वह देखने को नहीं मिलेगा, क्योंकि आने वाला योद्धा बेहद कम उम्र नज़र आ रहा था। बहुतों को और स्वयं निर्णायकों तक को उसे देखकर तरस आने लगा और उनके मुख पर आने वाले भाव से प्रकट होने लगा मानो कह रहे हों-बेचारा। लेकिन टेम्पलरों के चैम्पियन, धर्मसेवक लुई गिलबर्ट ने अपने पुराने दुश्मन आइवन हो को सामने पाकर ऐसा नहीं सोचा। हां, वह अपनी पूरी हैंकड़ी बरक़रार रखते हुए उसे आग्नेय दृष्टि से घूरते हुए उबल पड़ा-

'सैक्सन कुत्ते!' वह चिल्लाया, 'चल उठा अपना भाला और सम्हाल अपनी ढाल, देख तेरे सिर पर तेरा काल मंडरा रहा है। बस अब तू दो-चार क्षण बाद ही यमराज के द्वार पर खड़ा होगा। तू अब नहीं बचेगा।'

'हाऽ घमंडी टेम्पलर!' आइवन हो ने सिर झटकार कर सुस्थिर आवाज़ में कहा, 'शायद तू दो-दो बार इसी भाले से हो चुकी अपनी दुर्गति बिसरा चुका है? एक-दो धौल पड़ जाएंगे तो तुझे अबकी बार बच भागने का मौक़ा भी नहीं मिलेगा।'

बिगुल बजते ही दोनों योद्धा ज़ुबानी लड़ाई बंद कर मैदान में आमने-सामने

आ डटे और हथियार लेकर एक-दूसरे को तौलने लगे। थोड़ी देर बाद ही युद्ध में गरमी आ गई। घोड़ों की टापों के बाद थोड़ी-थोड़ी देर बाद भाले ढालों से टकराते और आवाज़ आती रही-'झन्नऽऽ' दोनों एक-दूसरे पर पूरी ताक़त से वार-पर-वार कर रहे थे कि अचानक लुई गिलबर्ट ज़ख्मी होकर घोड़े से गिर पड़ा और उसके प्राण पखेरू उड़ गए। उसकी मृत्यु का कारण विपक्षी योद्धा का कौशल इतना नहीं बन सका था, जितना उसका अधैर्य और अहंकार था। भीड़ द्वारा आइवन हो के नाम का जयघोष हुआ। निर्णायकों ने भी आइवन हो को विजेता स्वीकार कर लिया और अब रेबेका को सज़ावार ठहराने का कोई औचित्य शेष नहीं रह गया था। खुद मुख्य पादरी ने उसकी रिहाई का ऐलान कर डाला। रेबेका उसी क्षण आइवन हो के साथ-साथ रोदरवुड के लिए चल पड़ी। दूसरे दिन सीड्रिक की हवेली में बड़े ज़श्न के साथ रोवेना और विल्फ्रेड दाम्पत्य-सूत्र में बंध गए।

रेबेका ने आगे बढ़कर रोवेना को आइवन हो की लेडी की सम्मान्य उपाधि से संबोधित किया और उसने ज़मीन तक झुककर उसके फ्रॉक के कशीदाकारी किए गए कोने चूमकर उसके प्रति सम्मान प्रदर्शित किया और उसके सफल वैवाहिक जीवन के लिए अपनी शुभ-कामनाएं अर्पित की। लेकिन पता नहीं क्यों, विदा होते समय उसकी आवाज़ का अयोचित कम्पन और रुंधे गले से निकले आधे-अधूरे शब्द उसके अभी तक प्रकट किए गए उस सारे व्यवहार और आशीर्वाद की अस्लियत की चुग़ली खाते हुए से प्रतीत हुए। और रोवेना को तो दरअस्ल उसी समय पूरी तसल्ली हुई, जब वह वहां से अपने पिता के घर यार्क के लिए चल पड़ी – हलांकि इसके बाद भी रोवेना इस तथ्य से बिल्कुल अजानी नहीं रह सकी कि वह बाद तक भी उसके पति के दिलोदिमाग पर अपनी दयालुता के कारण छाई ही रही; उसका वह रूप और जिसके कारण एथेलस्टन को उसकी कामना रही थी, विल्फ्रेड के हृदय से रेबेका की स्मृति को पूरी तरह मिटा नहीं सका।

●●●

प्रश्नोत्तरी

1. जरूसलेम में किन दो धर्मों के बीच युद्ध छिड़ा हुआ था?
   (अ) हिन्दू-मुगल (ब) यहूदी-ईसाइयों
   (स) सिख-ईसाइयों (द) हिन्दू-ईसाइयों
2. शेफील्ड व डोनकास्टर, इन दो नगरों के बीच क्या फैला हुआ था?
   (अ) नदियां (ब) पहाड़
   (स) जंगल (द) रेगिस्तान
3. वाम्बा किसका बेटा था?
   (अ) मिरासी बिटल्स (ब) सीड्रिक
   (स) आइवन हो (द) गिलबर्ट
4. सीड्रिक की क्या उम्र थी?
   (अ) 30 (ब) 40
   (स) 50 (द) 60
5. सीड्रिक के बेटे का क्या नाम था?
   (अ) विलफ्रेड (ब) आइवन हो
   (स) मिरासी बिटल्स (द) वाम्बा
6. इंग्लैण्ड का राजा कौन था?

(अ) सीड्रिक (ब) आइवन हो

(स) गर्थ (द) रिचर्ड

7. सैक्सन जाति का राजा कौन था?

(अ) सीड्रिक (ब) रिचर्ड

(स) गर्थ (द) वाम्बा

8. गिलबर्ट कौन था?

(अ) इंग्लैण्ड का राजा (ब) सैक्सन जाति राजा

(स) यहूदियों का सरदार (द) नारमन का सरदार

9. काला घोड़ा वाला घुड़सवार कौन था?

(अ) आइवन हो (ब) गर्थ

(स) वाम्बा (द) गिलबर्ट

10. अपने बेटे को देश से बाहर किसने किया?

(अ) रिचर्ड (ब) सीड्रिक

(स) गिलबर्ट (द) विलफ्रेड

उत्तर

1.(ब), 2.(स), 3.(अ), 4.(द), 5.(अ), 6.(द), 7.(अ) 8.(द), 9.(अ), 10.(ब)